Terry Pratchett
Nur du kannst die
Menschheit retten

Terry Pratchett

NUR DU KANNST DIE MENSCHHEIT RETTEN

Roman

Aus dem Englischen
von Sabine Schmidt

C. Bertelsmann

Die englische Originalausgabe erschien 1992
unter dem Titel »Only You Can Save Mankind«
bei Doubleday, a division of Transworld
Publishers Ltd., London

Umwelthinweis:
Dieses Buch und der Schutzumschlag
wurden auf chlorfrei gebleichtem Papier gedruckt.
Die Einschrumpffolie (zum Schutz vor Verschmutzung)
ist aus umweltschonender und recyclingfähiger
PE-Folie.

2. Auflage 1994

Umschlaggestaltung: Klaus Renner
Cover illustration © David Scutt
by arrangement with Transworld Publishers Ltd.
Satz: Uhl + Massopust, Aalen
Druck: Wiener Verlag, Himberg
ISBN 3-570-12075-9
Printed in Austria

Und noch eins
für Rhianna

Das mächtige ScreeWee™ Imperium™ macht sich bereit, die Erde anzugreifen!

Unsere Kampfschiffe sind in einem Überraschungsangriff vernichtet worden!

Nichts kann die Erde vor der furchtbaren Rache der ScreeWees™ bewahren!

Doch ein Kampfschiff ist übriggeblieben ... und aus dem Nebel der Zeit bricht ein Krieger, ein Kämpfer – die letzte Hoffnung unserer Zivilisation!

Du!

Du bist der Retter der Zivilisation. Allein stehst du zwischen unserer Welt und dem sicheren Untergang. Du bist die letzte Hoffnung.

Nur du kannst die Menschheit retten!™

Voller Action mit vielen Neuheiten! Total real! Mit Super Color, Sound und Slam-Vector™ Grafik!

Geeignet für IBM PC, Atari, Amiga, Pineapple, Amstrad, Nintendo. Echte Kampfszenen aus einer Version, die du nicht gekauft hast.

Copyright 1992 Gobi Software, 17834 W., Agharta Drive, Shambala, Tibet. Alle Rechte vorbehalten. Alle Firmen- und Produktnamen sind eingetragene Warenzeichen der jeweiligen Hersteller.

Die Namen ScreeWee, Imperium und Menschheit sind eingetragene Warenzeichen der Gobi Software, 1992.

Der Held mit den tausend Leben

Johnny biß sich auf die Lippe und konzentrierte sich.

Gut so. Schnell schalten, die Rakete ausrichten – *biep biep biep biebiebiebiep* – auf den ersten Jäger, Rakete abfeuern – *swomp* –, Geschütze einsetzen – *bababababam* –, Jäger Nr. 2 treffen und seine Schilde mit dem Laser lahmlegen – *pschuiiiiii* –, während die Rakete – *pwosch* – Jäger Nr. 1 zerstört, abtauchen, Geschütze wechseln, Jäger Nr. 3 bombadieren, während er dreht – *bababababam* –, im Aufwärtsflug Jäger Nr. 2 ins Visier nehmen, Rakete abfeuern – *swomp* –, und ihn mit...

Fwit fwit fwit.

Jäger Nr. 4! Der tauchte immer als letzter auf, aber wenn man ihn als ersten ins Visier nahm, hatten die anderen genug Zeit zum Wenden, und dann wurde man zur Zielscheibe von allen dreien.

Er war schon sechsmal getötet worden. Dabei war es gerade erst fünf Uhr.

Seine Hände flogen über die Tastatur. Sterne rauschten an ihm vorbei, während er beschleunigte, um dem Gewühl zu entgehen. Das kostete ihn zwar eine Menge Energie, aber bis sie ihn eingeholt hatten, würden die Schilde wieder auf voller Kraft laufen, und er wäre kampfbereit. Außerdem mußten zwei von denen schon beschädigt sein, und... da waren sie... Raketen ab, wow, Glückstreffer, vernichtet! Rote Feuerkugel – *swusch* –, Schild-Energie-Verlust registrieren und den nächsten ins Visier nehmen – *swusch* –, und jetzt drehte der letzte Jäger ab, türmte, aber er beschleunigte – *ggrrRRRSSCH* – und behielt ihn im Visier, während er einen Schuß nach dem anderen abgab.

Ah!

In der Ecke des Bildschirms tauchte der riesige Koloß ihres Mutterschiffes auf. Level 10, dann mal los... schön vorsichtig... jetzt waren keine Jäger mehr da, also mußte er sich nur außer Reichweite halten und sich dann heranschleichen und...

Wir möchten verhandeln.

Johnny blickte verdutzt auf die Botschaft am Bildschirmrand.

Wir möchten verhandeln.

Das Schiff rauschte vorbei – *eeeeooouuuummmm.* Er drückte auf die Drosseltaste und verlangsamte seine Geschwindigkeit, dann wendete er und hatte den großen, roten Umriß wieder im Visier.

Wir möchten verhandeln.

Sein Finger schwebte über dem Abzugsknopf. Dann, ohne wirklich hinzusehen, führte er ihn zur Tastatur und drückte auf Pause.

Dann griff er nach dem Handbuch.

Nur du kannst die Menschheit retten, stand auf dem Umschlag. »Super Sound und Grafiken. Das endgültige Spiel.«

Ein ScreeWee-Großkreuzer, so hieß es auf Seite 17, konnte mit sechsundsiebzig Lasertreffern zerstört werden. Wenn man erst mal die Begleitjäger aus dem Weg hatte und eine günstige Position fand, wo man von den ScreeWee-Kanonen nicht erwischt werden konnte, war es nur noch eine Frage der Zeit.

Wir möchten verhandeln.

Selbst nachdem er Pause gedrückte hatte, blinkte die Botschaft noch auf dem Bildschirm.

In dem Handbuch stand aber nichts von Botschaften. Johnny blätterte die Seiten durch. Das mußte eine der Neuheiten sein, von denen das Spiel voll sein sollte.

Er legte das Buch beiseite und seine Finger auf die Tastatur, dann tippte er vorsichtig: Stirb, außerirdischer Abschaum.

Nein! Wir wollen nicht sterben! Wir wollen verhandeln!

Das war aber nicht so vorgesehen, oder?

Wobbler Johnson, der ihm die Diskette gegeben hatte und das Handbuch auf dem Kopierer seines Vaters kopiert hatte, meinte, daß man 10.000 Punkte und eine Tapferkeitsurkunde bekam und außerdem zum Arcturus-Sektor voranschritt, wo es andere und mehr Schiffe gab, wenn man Level 10 gemeistert hatte.

Johnny *wollte* die Tapferkeitsurkunde.

Johnny feuerte noch mal den Laser ab. *Swusch.* Er

wußte eigentlich nicht, warum. Aber er hatte einen Joystick und einen Abzugsknopf, und dafür war das Ganze eben da.

Schließlich gab es keinen »Nicht feuern«-Knopf.

Wir ergeben uns! BITTE!

Er streckte den Finger aus und drückte – sehr behutsam – auf die »Spiel speichern«-Taste. Der Computer surrte und klickte und war dann still. Er spielte den ganzen Abend nicht mehr. Er machte seine Hausaufgaben.

Es war Erdkunde. Man mußte Großbritannien ausmalen und die Weltkarte dort markieren, wo man es zu finden glaubte.

Der ScreeWee-Captain klopfte mit einem ihrer Vorderbeine gegen den Schreibtisch.

»Was?«

Der Erste Offizier schluckte und versuchte, ihren Schwanz in einem respektvollen Winkel zu halten.

»Er ist gerade wieder verschwunden, Captain«, sagte sie.

»Aber hat er eingewilligt?«

»Nein, Captain.«

Der Captain trommelte mit den Fingern von drei Händen auf die Tischplatte. Sie sah ein bißchen aus wie ein Wassermolch, aber ansonsten glich sie eher einem Alligator.

»Aber wir haben ihn nicht beschossen!«

»Nein, Captain.«

»Und du hast ihm meine Nachricht übersandt?«

»Ja, Captain.«

»Und jedesmal, wenn wir ihn töten, kommt er zurück...«

Er erwischte Wobbler in der Pause.

Wobbler gehörte zu der Art von Jungs, die immer zuletzt ausgewählt wurden, wenn es darum ging, ein Team aufzustellen. Doch im Moment war das ganz in Ordnung, denn ihr derzeitiger Sportlehrer hielt nicht viel von Teams, weil sie das Konkurrenzdenken förderten.

Er wabbelte. Er behauptete, es sei eine Drüsensache. Er wabbelte besonders, wenn er rannte. Dann schien es seine Körperteile in verschiedene Richtungen zu ziehen, und nur bei Durchschnittsgeschwindigkeit war eine bestimmte Richtung zu erkennen. Aber mit Spielen hatte er es drauf. Nur waren es nicht die Spiele, von denen die Leute glaubten, daß man darin gut sein müsse. Gäbe es jemals einen Wer-knackt-als-erster-den-unüberwindbaren-Kopierschutz-von-*Galactic Thrusters*-Wettbewerb, wäre Wobbler nicht nur im Team – er würde es höchstpersönlich auswählen.

»Yo, Wobbler«, sagte Johnny.

»Es ist nicht mehr cool, Yo zu sagen«, sagte Wobbler.

»Ist es tutti, cool zu sagen?« fragte Johnny.

»Cool ist immer cool. Und tutti sagt auch keiner mehr.«

Wobbler sah sich verschwörerisch um und fischte dann ein Päckchen aus seiner Tasche.

»Das hier ist echt cool. Probier's mal aus.«

»Was ist das?« fragte Johnny.

»Ich hab *Fighter Star TeraBomber* geknackt«, sagte Wobbler. »Sag's aber niemandem, klar? Gib einfach FSB ein. So aufregend ist es eigentlich nicht. Mit der Leertaste wirfst du die Bomben ab, und ... na ja ... drück einfach die Tasten, und du wirst schon sehen, was passiert.«

»Hör mal ... du kennst doch auch *Nur du kannst die Menschheit retten*!«

»Du spielst das immer noch, was?«

»Du hast doch nicht irgendwas damit gemacht, oder? Ich meine, bevor du mir die Kopie gegeben hast?«

»Nein, das Spiel war ja nicht mal geschützt. Ich mußte nichts weiter machen, als das Begleitheft kopieren. Wieso?«

»Du hast es aber gespielt, oder?«

»Ein bißchen.« Wobbler spielte Spiele nur einmal. Wobbler sah sich ein Spiel ein paar Minuten an, dann nahm er den Joystick und erzielte sofort das Top-Ergebnis. Und dann spielte er es nie wieder.

»Und da ist nichts ... Komisches ... passiert?«

»Zum Beispiel?«

»Zum Beispiel ...« Johnny zögerte. Er konnte es Wobbler erzählen, aber dann würde Wobbler lachen oder ihm nicht glauben oder sagen, daß es irgendein Fehler oder Trick sei. Oder ein Virus. Wobbler hatte Disketten voller Computerviren. Er machte nichts damit. Er sammelte sie nur wie Briefmarken oder so.

Er konnte es Wobbler erzählen, aber dann würde es irgendwie nicht mehr so realistisch klingen.

»Ach, weißt du . . . was Komisches eben.«

»Was denn?«

»Was Merkwürdiges. Ähm. Irgendwie lebensecht, schätze ich.«

»Das sollte es auch sein. Wie im echten Leben, steht doch drauf. Ich hoffe, du hast das Handbuch gründlich gelesen, mein Vater hat seine ganze Kaffeepause am Kopierer zugebracht.«

Johnny grinste entmutigt.

»Ja, richtig. Ich lese es mir lieber noch mal durch. Danke für den *Star Fighter Pilot* . . .«

»*TeraBomber*. Mein Vater hat mir *Alabama Smith and the Jewels of Fate* aus den Staaten mitgebracht. Du kannst eine Kopie haben, wenn du mir die Diskette zurückgibst.«

»Klar«, sagte Johnny, geistesabwesend.

Er brachte es nie übers Herz, Wobbler zu sagen, daß er nicht mal die Hälfte der Spiele spielte, die Wobbler ihm gab. Man konnte es einfach nicht schaffen. Nicht, wenn man Zeit zum Essen und Schlafen haben wollte. Aber das war schon okay, denn Wobbler fragte nie. Was Wobbler betraf, so waren Computerspiele sowieso nicht dazu da, gespielt zu werden. Sie waren da, damit man sie knackte und umschrieb, um ein paar extra Leben rauszuschlagen oder was auch immer, und um die Kopien dann an alle zu verteilen.

Im Grunde teilte sich die Welt in zwei Parteien. Auf

der einen Seite stand die Computerspiel-Industrie, die unglaubliche Anstrengungen unternahm, um das Herstellen von Raubkopien zu unterbinden, und auf der anderen Seite stand Wobbler. Derzeit lag Wobbler in Führung.

»Hast du Geschichte für mich gemacht?« fragte Wobbler.

»Hier«, sagte Johnny. »›Wie es war, als Bauer während des englischen Bürgerkrieges zu leben.‹ Drei Seiten.«

»Danke«, sagte Wobbler. »Das ging ja schnell.«

»Oh, in Erdkunde mußten wir letztes Jahr einen Aufsatz darüber schreiben, wie es war, als Bauer in Bolivien zu leben. Ich hab nur die Lamas weggelassen und ein bißchen was über geköpfte Könige reingeschrieben. Wenn man das dann noch ein bißchen ausschmückt und über das schlechte Wetter und die verdorbenen Ernten jammert, kann man nichts falsch machen an diesen Bauernaufsätzen.«

Johnny lag auf seinem Bett und las *Nur du kannst die Menschheit retten.*

Er konnte sich vage an die Tage erinnern, als es noch Computerspiele gab, deren Instruktion einfach »Drück < für links und > für rechts und *Fire* zum feuern« lauteten.

Aber jetzt mußte man sich ein ganzes Buch über das Spiel reinziehen. Eigentlich war es die Gebrauchsanweisung, aber sie nannten es »Die Geschichte«.

Eigentlich war das eine Art Anti-Wobbler-Trick. Irgend

jemand in Amerika oder sonstwo hatte sich wohl gedacht, daß es verdammt clever sei, wenn einem vom Computer kleine Fragen gestellt wurden. »Wie lautet das erste Wort der dreiundzwanzigsten Zeile auf Seite neunzehn im Handbuch?« war so eine Frage, und mit dem Spiel war Feierabend, wenn man die Frage nicht richtig beantwortete. Aber anscheinend hatte niemand mit der Kopiermaschine von Wobblers Vater gerechnet.

Hier hatte er also das Buch. Die ScreeWee waren aus dem Nichts aufgetaucht und hatten ein paar Planeten zerbombt, die von menschlichen Wesen bevölkert waren. Fast alle Jäger waren dabei zerstört worden. Also gab es jetzt nur noch diesen einen – die einzige Verteidigung gegen die ScreeWee-Horden. Und nur *du*... das heißt Johnny Maxwell, zwölf Jahre alt und hausaufgabengeplagt... kannst die Menschheit retten.

Aber da stand nirgendwo, was man tun sollte, wenn die ScreeWee nicht kämpfen wollten.

Er stellte den Computer an und drückte die Load-Game-Taste.

Da war wieder das Schiff, genau in der Mitte seines Visiers.

Nachdenklich griff er nach dem Joystick.

Sofort erschien eine Botschaft auf dem Bildschirm. Nun, eigentlich keine richtige Botschaft. Eher ein Bild. Ein halbes Dutzend kleine, eiförmige Kleckse – mit Schwänzen. Sie bewegten sich nicht.

Was soll das denn nun wieder sein? dachte er.

Vielleicht sollte er ihnen eine Botschaft zurücksenden. Aber »Stirb, Abschaum!« schien im Moment nicht ganz passend.

Er tippte: Was ist los?

Sofort erschien in gelben Buchstaben eine Antwort auf dem Bildschirm.

Wir ergeben uns. Nicht schießen. Sieh doch, wir zeigen dir Bilder von unseren Kindern.

Er tippte: Ist ein das Trick, Wobbler?

Es dauerte eine Weile, bis die Antwort kam.

Wir sind kein Trick, Wobbler. Wir geben auf. Kein Krieg mehr.

Johnny dachte eine Weile nach, dann tippte er: Es war nicht vorgesehen, daß ihr aufgebt.

Wir wollen nach Hause.

Johnny tippte: Im Buch steht, daß ihr eine Menge Planeten in die Luft gesprengt habt.

Die Antwort ließ nicht auf sich warten.

Lügen!

Johnny starrte auf den Bildschirm. Er hätte am liebsten getippt: Nein, das kann einfach nicht sein. Ihr seid Außerirdische, und ihr könnt mir nicht erzählen, daß ihr nicht beschossen werden wollt. In keinem anderen Spiel haben Außerirdische jemals damit aufgehört, über den Bildschirm zu jagen. Es ist noch nie vorgekommen, daß sie auf einmal nach Hause wollten.

Und dann dachte er: Sie hatten nie die Chance. Sie konnten es nie.

Aber jetzt waren die Spiele viel besser. Sie wurden einfach immer realistischer.

Er tippte: Es ist schließlich nur ein Spiel.

Was ist ein Spiel?

Er tippte: Wer SEID ihr?

Der Bildschirm flackerte. Das, was ihn anblickte, sah ein bißchen aus wie ein Molch, sonst aber eher wie ein Krokodil.

Ich bin der Captain, sagten die gelben Buchstaben. *Bitte nicht schießen.*

Johnny tippte: Ich schieße auf euch, und ihr schießt auf mich. So geht das Spiel.

Aber wir sterben.

Johnny tippte: Manchmal sterbe ich auch. Eigentlich ganz schön oft.

Aber DU lebst wieder.

Johnny starrte einen Moment lang auf die Worte. Dann tippte er: Ihr nicht?

Nein. Wie soll das gehen? Wenn wir sterben, sterben wir. Für immer.

Johnny tippte verzweifelt: Nein, das stimmt nicht. Auf der ersten Mission gibt's drei Schiffe, die man vor dem ersten Planeten zerstören muß. Ich hab das schon oft gespielt, und da sind immer wieder die drei Schiffe am Anfang –

Andere Schiffe.

Johnny dachte einen Augenblick nach und tippte dann: Was passiert, wenn ich den Computer abschalte?

Wir verstehen die Frage nicht.

Das ist doch bekloppt, dachte Johnny. Es ist bloß ein ungewöhnliches Spiel. Eine besondere Mission oder so was.

Er tippte: Warum sollte ich euch glauben?

SIEH DICH UM!

Johnny richtete sich kerzengerade in seinem Stuhl auf. Dann drehte er sich sehr, sehr vorsichtig um.

Natürlich war niemand da. Warum sollte auch jemand da sein? Es war ein *Spiel.*

Das Molchgesicht war vom Bildschirm verschwunden. Er hatte wieder das vertraute Innere des Jägers vor sich. Der Radarschirm war . . .

. . . voller gelber Punkte.

Gelb für den Feind.

Johnny nahm den Joystick und drehte. Die gesamte ScreeWee-Flotte schwebte Schiff für Schiff hinter ihm im Raum. Kleine Jäger, große Kreuzer, massive Kampfschiffe.

Wenn die ihn alle im Visier hatten und feuerten . . .

Er wollte nicht sterben.

Warte mal, warte mal. Du stirbst nicht. Du spielst einfach das Spiel von vorne.

Das hier war *verrückt.* Es war Zeit, Schluß zu machen.

Er tippte: Okay, was passiert jetzt?

Wir wollen nach Hause.

Er tippte. Okay. Kein Problem.

Du gibst uns sicheres Geleit?

Er tippte: Okay, ja.

Der Bildschirm erlosch.

Und das war's? Keine Musik? Kein »Bravo, du hast die höchste Punktzahl erreicht«?

Nur das Blinken der Eingabeaufforderung.

Und was bedeutete überhaupt sicheres Geleit?

Bewegliche Ziele

Man sagte nicht zu seinen Eltern: »He, ich brauche wirklich einen Computer, um *Megasteroids* zu spielen.«

Nein, man sagte: »Ich brauche wirklich einen Computer für die Schule.«

Computer sind *pädagogisch wertvoll.*

Wie auch immer, irgend etwas Gutes mußten die Schweren Zeiten schließlich haben, die jeder in diesem Haus durchmachte. Wenn man sich häufig in seinem Zimmer aufhielt und ansonsten mit hängendem Kopf herumlief, dann passierten Sachen wie Computer plötzlich von ganz alleine. Und alle fühlten sich besser dadurch.

Und manchmal waren Computer wirklich nützlich für die Schule. Johnny hatte »Wie es war, als Bauer zu leben« auf seinem Computer geschrieben und den Aufsatz mit dem Drucker ausgedruckt, obwohl er das Ganze schließlich noch mal mit der Hand abschreiben mußte, denn in der Schule lernte man zwar Tastaturbedienung und Neue Technologie, aber man bekam Ärger, wenn man einen Aufsatz tatsächlich mit Tastaturen und neuen Technologien anfertigte.

Komischerweise taugten Computer nichts für Mathe. Er

hatte immer Probleme mit Algebra, weil man mit »Wie ist es, als x-Quadrat zu leben« einfach nicht durchkam. Doch was das betraf, hatte er eine Vereinbarung mit Bigmac getroffen, dessen größtes Problem Aufsatzthemen waren. Wie auch immer, es spielte keine große Rolle. Wenn man den Kopf hängen ließ, wurde man in Ruhe gelassen, und das war auch nicht schlecht.

Aber hauptsächlich waren Computer gut für Spiele. Wenn man die Lautstärke aufdrehte, mußte man sich nicht das dauernde Geschrei anhören.

Das ScreeWee-Mutterschiff war in Aufruhr. Vom letzten Beschuß hingen immer noch Rauchschwaden in der Luft, und undeutliche Figuren trippelten hin und her und versuchten, alles wieder zusammenzuschustern.

Der Captain lehnte sich in ihrem Stuhl auf der riesigen düsteren Brücke zurück. Sie war gelb unter den Augen, ein sicheres Zeichen von Übermüdung. Es gab so viel zu tun. Die Hälfte der Kampfschiffe war beschädigt, und die Kreuzer befanden sich auch nicht in bestem Zustand. Es gab nur wenig Platz und mit Sicherheit nicht genug Essen für all die Überlebenden, die sie an Bord holten.

Sie sah auf. Vor ihr stand der Artillerieoffizier.

»Das ist kein kluger Schritt«, sagte er.

»Es ist der einzige, der uns bleibt«, sagte der Captain erschöpft.

»Nein! Wir müssen weiterkämpfen!«

»Dann sterben wir«, sagte der Captain. »Erst kämpfen wir, dann sterben wir. So geht das.«

»Dann sterben wir wenigstens als Helden.«

»Da war ein wichtiges Wort in Ihrem Satz«, sagte der Captain. »Und ich meine nicht das Wort ›Helden‹.«

Der Artillerieoffizier wurde hellgrün vor Wut.

»Er hat Hunderte von unseren Schiffen angegriffen!«

»Und dann hat er aufgehört.«

»Da ist er der einzige«, sagte der Artillerieoffizier. »Das sind *Menschen*! Man kann *Menschen* nicht trauen. Sie schießen auf *alles*.«

Der Captain stützte ihre Schnauze auf eine Hand.

»Er nicht«, sagte sie. »Er hat zugehört. Er hat mit uns geredet. Die anderen nicht. Vielleicht ist er der Auserwählte.«

Der Artillerieoffizier stützte sich mit seinen beiden vorderen Händen auf ihren Schreibtisch und funkelte sie an.

»Also«, sagte er. »Ich habe mit den anderen Offizieren gesprochen. Ich glaube nicht an Legenden. Wenn das volle Ausmaß dessen, was Sie da tun, deutlich wird, dann werden Sie das Kommando abgeben müssen!«

Sie sah ihn mit müden Augen an.

»Gut«, sagte sie. »Aber noch bin *ich* der Captain. Und ich trage die Verantwortung. Haben Sie mich verstanden? Haben Sie die leiseste Ahnung, was das *bedeutet*? Und jetzt . . . *raus*!«

Es gefiel ihm nicht, aber er konnte sich ihr nicht widersetzen. Ich könnte ihn erschießen lassen, dachte sie. Es würde ihr später viel Ärger sparen. Das wäre dann Nr. 235 auf der Liste der Dinge, die zu tun waren . . .

Sie drehte sich wieder um und starrte die Sterne auf dem Bildschirm an.

Der feindliche Jäger schwebte immer noch im Raum.

Was für Wesen sind das? dachte sie. So verabscheuungswürdig sie auch sind, so gibt es doch nur sehr wenige von ihnen. Aber warum kommen sie immer wieder zurück? Was ist ihr Geheimnis?

Eins jedoch war sicher. Sie schickten nur ihre Mutigsten und Besten.

Der Vorteil Schwerer Zeiten war, daß man sich ungehindert am Kühlschrank bedienen durfte. Jedenfalls schien es keine ordentlichen Mahlzeiten mehr zu geben, und richtig gekocht wurde auch nicht mehr.

Johnny machte sich Spaghetti und Bohnen aus der Dose. Aus dem Wohnzimmer war nichts zu hören, obwohl der Fernseher lief.

Dann sah er in seinem eigenen Zimmer ein bißchen fern. Sie hatten ihm den alten Fernseher gegeben. Er war nicht sehr groß, und man mußte immer aufstehen und hinlaufen, wenn man das Programm, die Lautstärke oder sonstwas ändern wollte, aber schließlich waren es ja auch Schwere Zeiten.

In den Nachrichten zeigten sie eine Aufnahme, wie Raketen über einer Stadt abgeworfen wurden. Sie war ziemlich gut.

Schließlich ging er ins Bett.

Er war nicht total überrascht, als er vor den Instrumenten eines Jägers aufwachte.

So war es *Captain Zoom* auch ergangen. Man bekam es einfach nicht aus dem Kopf. Wenn man einen Abend lang konzentriert gespielt hatte, hörte man die ganze Nacht nicht mehr auf, über Leitern zu klettern und Laserstrahlen auszuweichen.

Es war ein ziemlich guter Traum. Er konnte den Sitz unter sich richtig *fühlen*. Und im Cockpit roch es nach Öl, überhitztem Plastik und ungewaschenen Leuten.

Es stimmte auch so ziemlich mit dem Cockpit überein, das er jeden Abend auf dem Bildschirm sah, nur daß jetzt ein dünner Film aus Schmier und Staub über allem lag. Aber da waren der Radarschirm, die Gefechtskontrollen und der Joystick . . .

Hey, das war viel besser als der Computer! Das Cockpit war voller Geräusche – das Klicken und Surren der Ventilatoren, das Brummen und Piepen der Instrumente.

Und bessere Grafiken. In den Träumen waren die Grafiken immer viel besser.

Die ScreeWee-Flotte hing vor ihm in der Lu . . . im Raum.

Wow!

Obwohl Träume ein bißchen aufregender sein sollten. In Träumen wurde man ja gejagt. Es *passierte* etwas. Es machte Spaß, im Cockpit eines Raumjägers zu sitzen, der vor Waffen strotzte, aber es mußte auch etwas *passieren . . .*

Er fragte sich, ob er eine Rakete abschießen sollte oder so was ... Nein, warte mal, die hatten sich ergeben. Und da war diese Sache mit dem sicheren Geleit.

Seine Hände wanderten über die Kontrollen vor ihm. Sie waren ein bißchen anders als die im Computer, aber *dieser hier ...*

»*Kannst du mich empfangen?*«

Das Krokodilsgesicht des Captains erschien auf dem Bildschirm.

»Ja?« sagte Johnny.

»*Wir sind bereit.*«

»Bereit?« fragte Johnny. »Wozu?«

»*Du führst uns*«, sagte der Captain. Die Stimme kam aus einem Lautsprecher neben dem Bildschirm. Sie muß durch irgendwas übersetzt werden, dachte Johnny. Riesenmolche sprechen doch nicht Englisch!

»Wohin?« fragte er. »Wohin fliegen wir?«

»*Zur Erde.*«

»Zur Erde? Moment mal! *Da lebe ich!* Man kann ziemliche Schwierigkeiten bekommen, wenn man riesigen Flotten Außerirdischer zeigt, wo man lebt!«

Der Lautsprecher brummte und surrte eine Weile. Dann sagte der Captain: »*Verzeihung. Das war eine direkte Übersetzung. Wir nennen den Planeten, der unser Zuhause ist, ›Erde‹. Wenn ich in ScreeWee spreche, sucht dein Computer das entsprechende Wort in deiner Sprache. Das eigentliche Wort in ScreeWee klingt wie ...*« Es folgte ein Geräusch, als würde jemand einen Gummistiefel aus einem frischen Kuhfladen ziehen. »*Ich werde dir unser Zuhause zeigen.*«

Auf dem Navigationsschirm bildete sich plötzlich ein roter Kreis. Johnny wußte Bescheid. Man mußte ihn nur mit einem grünen Kreis anvisieren, dann machte der Computer *binkabinkabinka,* und der Kurs war festgelegt.

Sie haben mir gezeigt, wo sie leben.

Der Gedanke sickerte in seinen Kopf.

Sie vertrauen mir.

Während er seinen Jäger nach vorne bewegte, reihte sich die gesamte ScreeWee-Flotte hinter ihm ein.

Ein grüner Punkt tauchte vor ihm auf.

Er beobachtete, wie der Punkt immer größer wurde, und erkannte den Umriß eines Raumjägers, der so aussah wie sein eigener.

Allerdings war er ein bißchen schwer auszumachen.

Das lag daran, daß er von Laserstrahlen halb verdeckt war.

Er feuerte auf ihn, während er sich näherte.

Und er näherte sich so schnell, daß er dabei fast sein eigenes Feuer einholte.

Johnny riß den Joystick herum, und sein Jäger glitt aus dem Weg, während der . . . *feindliche* Jäger vorbeirauschte und auf die ScreeWee-Flotte zuschoß.

Der ganze Himmel war voller ScreeWee-Schiffe.

Die sich *ihm* anvertraut hatten.

Aber da draußen spielte immer noch irgendwer das Spiel.

»Nein! Hört mir zu! Die kämpfen nicht mehr!«

Der Jäger flog einen Bogen und hielt direkt auf das Kommandoschiff zu. Johnny sah, wie er eine Rakete abfeuerte. Irgendwo saß irgend jemand an seinem Computer und hatte eine Rakete abgeschossen.

»Hör zu! Du mußt *aufhören!«*

Er hört nicht auf mich, dachte er. Man hört nicht auf den Feind. Der Feind ist da, um beschossen zu werden. Deswegen ist es der Feind. Dazu sind Feinde gut.

Er schwang herum, um dem Jäger zu folgen, der sein Tempo jetzt gedrosselt hatte. Er feuerte einen Schuß nach dem anderen auf das Kommandoschiff ab . . .

. . . das nicht zurückfeuerte.

Johnny sah entsetzt zu.

Das Schiff bebte unter dem Feuerhagel. Der Artillerieoffizier kroch über den bebenden Boden und zog sich neben dem Sitz des Captains hoch.

»Närrin! Närrin! Ich habe Ihnen gesagt, daß das passieren würde! Ich verlange, daß wir das Feuer erwidern!«

Der Captain beobachtete den Jäger des Auserwählten, ohne sich auch nur einen Millimeter zu bewegen.

»Nein«, sagte sie. »Wir müssen ihm eine Chance geben. Wir dürfen nicht auf irdische Kampfschiffe schießen.«

»Eine *Chance*? Welche Chance haben *wir*? Ich werde den Befehl geben –« Der Captain machte eine schnelle Handbewegung. Als ihre Finger wieder zur Ruhe gekommen waren, hielt sie eine Waffe an den Kopf des Artillerieoffiziers. Eigentlich war es nur eine zeremonielle Waffe, denn normalerweise kämpften die ScreeWee ausschließlich mit ihren Klauen. Doch die Form der Waffe besagte ganz deutlich, daß Dinge aus dem Loch am vorderen Ende kamen, und zwar mit der unumstößlichen Absicht, jemanden zu töten.

»Nein«, sagte sie.

Das Gesicht des Artillerieoffiziers lief blau an vor Entsetzen. Doch er war immer noch mutig genug, um zu sagen: »Das würden Sie nicht wagen!«

Es ist ein Spiel, dachte Johnny. In dem Jäger sitzt kein *echter* Mensch. Nur jemand, der das Spiel spielt. Es ist *alles* nur ein Spiel. Diese Dinge passieren nur irgendwo auf einem Bildschirm.

Nein.

Ich meine, doch.

Aber ...

... zur gleichen Zeit ...

... passiert das alles *hier* ...

Sein eigener Jäger machte einen Satz nach vorn.

Es war leicht. Es war so leicht. Man mußte nur die Kreise auf dem Bildschirm justieren, *binkabinkabinka,* und den »Fire«-Knopf drücken, bis alle Waffen an Bord leer waren. Er hatte es schon so oft getan.

Der Eindringling hatte ihn nicht mal gesehen. Er schoß ein par Raketen ab – und explodierte dann selbst in einem beeindruckenden Spektakel von Grafik und Farbe.

Das ist alles, sagte sich Johnny. Nur Dinge auf einem Bildschirm. Nichts Wirkliches. Keine Arme und Füße, die zwischen den Wrackteilen herumwirbeln. Alles war nur ein Spiel.

Die Raketen fanden ihr Ziel ...

Das ganze Cockpit explodierte in blendend weißem Licht.

Für den Bruchteil eines Moments spürte er den kalten Raum um sich herum, sah ...

Ein Regal. Einen Stuhl. Ein Bett.

Er saß vor dem Computer. Der Bildschirm war leer. Er hielt den Joystick so fest umklammert, daß seine Knöchel weiß hervortraten.

Der Wecker neben seinem Bett zeigte 6:3=, weil er kaputt war. Aber das bedeutete, daß er in einer halben Stunde oder so aufstehen mußte. Er saß in seine Steppdecke gewickelt auf dem Bett und sah fern, bis der Wecker surrte.

Im Fernsehen zeigten sie Aufnahmen von Raketen und Gefechtsfeuer über einer Stadt. Es waren so ziemlich dieselben, die er am Abend zuvor gesehen hatte und die jetzt wahrscheinlich aufgrund allgemeiner Nachfrage wiederholt wurden.

Ihm war übel.

Yo-less würde ihm helfen, beschloß Johnny.

Normalerweise hing er mit Wobbler und Bigmac an der Mauer hinter der Schulbibliothek herum. Und genau so war es auch heute.

Yo-less wurde Yo-less genannt, weil er nie »Yo« sagte.

Inzwischen hatte er es aufgegeben, sich gegen den Namen zu wehren. Zumindest war er besser als »Hey-man«, sein letzter Spitzname, oder MC Spanner, der Spitzname davor. Johnny war der offizielle Spitznamen-Erfinder.

Johnny erzählte nicht zu viele Einzelheiten. Er redete nur über den Traum, nicht über die Botschaften auf dem Bildschirm. Yo-less hörte aufmerksam zu. Yo-less hörte immer aufmerksam zu. Es beunruhigte sogar die Lehrer, daß er bei allem, was sie sagten, so aufmerksam zuhörte. Sie hatten immer den Verdacht, daß er versuchte, sie bei einem Fehler zu ertappen.

Er sagte: »Was wir hier haben, ist die Projektion eines psychologischen Konfliktes. Das ist alles. Willst du einen Käsecracker?«

»Was ist das?«

»Nichts weiter als knuspriges Käsegebä–«

»Nein, ich mein das andere, was du gesagt hast.«

Yo-less reichte die Packung an Bigmac weiter.

»Tja, also . . . deine Mutter und dein Vater trennen sich, stimmt's? Allgemein bekannte Tatsache.«

»Könnte sein. Die machen im Moment schwere Zeiten durch«, sagte Johnny.

»Okay. Und es gibt nichts, was du dagegen tun kannst.«

»Nicht, daß ich wüßte«, sagte Johnny.

»Und das hat mit Sicherheit auch eine Auswirkung auf dich«, sagte Yo-less.

»Ich denke schon«, sagte Johnny vorsichtig. »Naja, ab und zu muß ich mir jetzt selbst was kochen.«

»Genau. Also projizierst du deine ... äh ... unterdrückten Emotionen auf das Computerspiel. So was passiert am laufenden Band«, sagte Yo-less. »Man kann seine wirklichen Probleme nicht lösen, also verwandelt man sie in Probleme, die man lösen *kann*. Ich meine ... wenn das jetzt dreißig Jahre her wäre, hättest du wahrscheinlich davon geträumt, gegen Drachen zu kämpfen oder so was. Das ist eine projizierte Phantasie.«

»Es klingt aber gar nicht so leicht, Hunderte von intelligenten Molchen zu retten«, sagte Johnny.

»Weiß nicht«, sagte Bigmac fröhlich. »Ratata-ratatabumm! Problem gelöst.« Bigmac trug die ganze Zeit klobige Stiefel und Hosen in Tarnfarben. An seinen Hosen konnte man ihn meilenweit erkennen.

»Die Sache ist«, sagte Yo-less, »daß es nicht wirklich passiert. Die Wirklichkeit ist wirklich. Aber das Zeug auf dem Bildschirm ist es nicht.«

»Ich habe *Stellar Smashers* geknackt«, sagte Wobbler. »Das kannst du haben, wenn du willst. Jeder sagt, daß es viel besser ist.«

»Äh ... nee, danke«, sagte Johnny. »Ich glaub, ich bleib noch ein bißchen am Ball. Mal sehen, ob ich's bis Level 21 schaffe.«

»Wenn du's bis Level 21 schaffst und die ganze Flotte in die Luft jagst, kriegst du eine besondere Nummer auf dem Bildschirm, und wenn du dann an Gobi Software schreibst, bekommst du einen Gutschein über fünf Pfund«, sagte Wobbler. »Das stand in *Computer Weekly*.«

Johnny dachte an den Captain.

»Fünf Pfund?« sagte er. »Wow.«

Am Nachmittag hatten sie Mannschaftssport. Bigmac war der einzige, der mitmachte. Er war nie besonders versessen darauf gewesen, bis sie Hockey eingeführt hatten. Der Schläger war der Grund, warum er mitmachte. Bigmac stand auf Knüppeln.

Yo-less machte keinen Sport wegen intellektueller Unvereinbarkeit. Wobbler machte keinen Sport, weil ihn der Sportlehrer gebeten hatte, es nicht zu tun. Johnny machte keinen Sport, weil er davon freigestellt war und es sowieso niemanden kümmerte. Er ging früh nach Hause und verbrachte den Nachmittag damit, das Handbuch zu lesen.

Den Computer rührte er nicht vor dem Abendessen an.

Es gab eine Nachrichten-Sondersendung, was bedeutete, daß *Cobbers* verschoben wurde. Sie zeigten dieselben Aufnahmen von Raketen über einer Stadt, die er am Abend zuvor gesehen hatte, nur daß da jetzt viel mehr Journalisten in beigen Hemden mit vielen Taschen aufgeregt die Ereignisse kommentierten.

Er hörte, wie sich seine Mutter darüber beschwerte, daß *Cobbers* verschoben wurde, und erkannte an den lauten Stimmen, daß das wieder Schwere Zeiten auslöste.

Er mußte noch eine Hausarbeit für Geschichte über Christoph Kolumbus machen. Er sah im Lexikon nach und schrieb vierhundert Wörter ab, womit er normalerweise durchkam. Er pauste noch ein Bild von Columbus durch und malte es aus.

Nach einer Weile wurde ihm klar, daß er es absichtlich hinausschob, den Bildschirm einzuschalten. Es war kein gutes Zeichen, dachte er, wenn man lieber Hausaufgaben machte, als am Computer zu spielen . . .

Es konnte nichts schaden, zumindest eine Partie *Pac-Man* zu spielen oder so was. Der Ärger war nur, daß die Gespenster wahrscheinlich in der Mitte des Bildschirms bleiben und sich weigern würden, herauszukommen, um gefressen zu werden. Er glaubte nicht, daß er so etwas verkraften würde. Er hatte schon genug Sorgen.

Und dann kam auch noch sein Vater nach oben, um väterlich zu sein. Das passierte ungefähr jeden zweiten Abend. Es schien nichts zu geben, was ihn davon abhalten konnte. Man mußte sich damit abfinden, daß einem etwa zwanzig Minuten lang Fragen darüber gestellt wurden, wie man in der Schule vorankam und ob man sich denn *wirklich* schon mal Gedanken darüber gemacht hätte, was man später werden wollte, wenn man groß war.

Das Beste war es, ihn nicht noch zu weiteren Fragen zu ermutigen, und das so freundlich wie möglich.

Sein Vater setzte sich auf die Bettkante und sah sich im Zimmer um, als wäre er noch nie zuvor bei ihm gewesen.

Nach den üblichen Fragen über Lehrer, die Johnny schon seit Jahren nicht mehr hatte, starrte sein Vater eine Weile vor sich hin und sagte dann: »In letzter Zeit ist alles ein bißchen schwierig geworden. Ich denke, das hast du gemerkt.«

»Nein.«

»Es ist momentan ein bißchen schwierig im Geschäft. Keine gute Zeit, um was Neues aufzubauen.«

»Ja.«

»Alles in Ordnung?«

»Ja.«

»Nichts, worüber du sprechen willst?«

»Nein. Ich glaube nicht.«

Sein Vater sah sich wieder im Zimmer um. Dann sagte er: »Erinnerst du dich noch an letztes Jahr, als wir alle zusammen nach Falmouth gefahren sind?«

»Ja.«

»Das hat dir doch Spaß gemacht, oder?«

Er hatte sich einen Sonnenbrand geholt und sich auf irgendwelchen Felsen den Knöchel verstaucht, und dazu mußte er *jeden Morgen* um 8.30 aufstehen, obwohl es doch eigentlich Ferien sein sollten. Und der einzige Fernseher im Hotel hatte vor einer alten Frau gestanden, die die Fernbedienung nicht eine Sekunde aus der Hand gelegt hatte.

»Ja.«

»Wir sollten wieder mal hinfahren.«

Sein Vater starrte ihn an.

»Ja«, sagte Johnny. »Das wär nett.«

»Wie kommst du mit *Space Invaders* voran?«

»Wie bitte?«

»*Space Invaders*. Das Computerspiel.«

Johnny drehte sich um und warf einen Blick auf den leeren Bildschirm.

»Was sind Space Invaders?« fragte er.

»Heißen die nicht mehr so? Space Invaders? So was stand früher immer in den Kneipen rum, äh, wahrscheinlich bevor du geboren warst. Pausenlos liefen stachelige, dreieckige, grüne Außerirdische mit sechs Beinen über den Bildschirm, und wir mußten sie abschießen.«

Johnny dachte eine Weile drüber nach. »Und was ist passiert, wenn ihr alle abgeschossen hattet?«

»Oh, dann kamen noch mehr.« Sein Vater stand auf. »Aber ich schätze, das ist heute alles viel komplizierter.«

»Ja.«

»Deine Hausarbeiten hast du schon gemacht, was?«

»Ja.«

»Was war's denn?«

»Geschichte. Mußte was über Christoph Columbus schreiben.«

»Hmm. Du könntest erwähnen, daß er sich gar nicht aufgemacht hat, um Amerika zu entdecken. Eigentlich wollte er nach Asien und hat Amerika nur durch Zufall entdeckt.«

»Ja. Steht im Lexikon.«

»Freut mich, daß du's benutzt.«

»Ja, ist ganz interessant.«

»Gut. Genau. Also dann. Tja, ich werd noch mal einen Blick in die Kassenbücher werfen ...«

»Okay.«

»Wenn es irgendwas gibt, worüber du sprechen willst, du weißt ja ...«

»Ja, gut.«

Johnny lauschte und wartete, bis die Wohnzimmertür wieder geschlossen wurde. Er überlegte, ob er hätte fragen sollen, wo die Bedienungsanleitung für die Spülmaschine war.

Dann schaltete er den Computer ein.

Nach einer Weile erschien der Titel von *Nur du kannst die Menschheit retten.* Mißmutig sah er sich die Einleitung an und nahm den Joystick in die Hand.

Da waren keine Außerirdischen.

Einen Augenblick lang dachte er, er hätte etwas falsch gemacht. Er startete das Spiel noch einmal.

Das waren immer noch keine Außerirdischen. Nur die Weite des Raums und ein paar glitzernde Sterne waren zu sehen.

Er flog herum, bis er keinen Treibstoff mehr hatte.

Keine ScreeWee, keine Punkte auf dem Radarschirm. Kein Spiel.

Sie waren verschwunden.

Cornflakes-Killer

In diesen Tagen gab es mehr Nachrichten als sonst. Die Hälfte der Zeit zeigten sie im Fernsehen Aufnahmen von Panzern und Karten von Wüsten, die über und über mit roten und grünen Pfeilen markiert waren, während sie in der Ecke des Bildschirms das Foto eines Journalisten einblendeten, der einen Telefonhörer am Ohr hatte und mit knisternder Stimme von den Ereignissen berichtete.

Es knisterte im Hintergrund, während Johnny Wobbler anrief.

»Ja?«

»Kann ich bitte mit Wobb... mit Stephen sprechen?«

Murmel, klonk, rumms, schlurf.

»Ja?«

»Ich bin's, Wobbler.«

»Ja?«

»Hast du in letzter Zeit mal einen Blick in *Nur du kannst die Menschheit retten* geworfen?«

»Nein. Hey, hör mal, ich hab einen Weg gefunden, um ...«

»Könntest du das jetzt gleich mal tun, bitte?«

Pause.

»Alles in Ordnung mit dir?«

»Was?«

»Du klingst ein bißchen komisch.«

»Bitte, geh jetzt und sieh dir das Spiel mal an, ja?«

Es dauerte eine Stunde, bis Wobbler zurückrief. Johnny wartete schon auf der Treppe.

»Kann ich bitte mit ...«

»Ich bin dran.«

»Da sind keine Außerirdischen mehr, stimmt's?«

»Genau!«

»Da haben sie wahrscheinlich irgendwas ins Spiel eingebaut. So 'ne Art Zeitbombe. Vielleicht ist das Ganze so programmiert, daß alle Außerirdischen zu einem bestimmten Zeitpunkt verschwinden.«

»Und warum?«

»Um das Spiel interessanter zu machen, schätze ich. He, alles okay mit dir? Deine Stimme klingt ein bißchen piepsig.«

»Alles in Ordnung.«

»Kommst du morgen zum Einkaufscenter?«

»Klar.«

»Okay, bis dann. Tschau.«

Johnny starrte auf das tote Telefon. Natürlich gab es so was im Computer. Er hatte in der Zeitung drüber gelesen. Ein Freitag-der-13.-Virus oder so. Irgend etwas im Programm registrierte das Datum, und wenn dann Freitag der 13. kam, passierte irgendwas Gemeines mit allen Computern im ganzen Land.

Es hatte Artikel über böse Computer-Hacker gegeben, die die Gesellschaft bedrohten, und Wobbler war eine Woche lang mit einer dunklen Brille in die Schule gekommen.

Johnny ging wieder in sein Zimmer und betrachtete den Bildschirm. Hin und wieder rauschten ein paar Sterne vorbei.

Es erinnerte ihn an das Computerspiel, das Wobbler mal geschrieben hatte. Es hieß *Die Reise nach Alpha Centauri*. Es war nichts als ein Bildschirm mit ein paar Punkten drauf, weil es, wie Wobbler meinte, in *Realzeit* passierte, wovon bis zur Erfindung der Computer noch niemand gehört hatte. Er hatte im Fernsehen gesehen, daß es dreitausend Jahre dauerte, bis man Alpha Centauri erreichte. Er hatte das Programm so geschrieben, daß jemand, der seinen Computer dreitausend Jahre laufen ließ, irgendwann mit einem kleinen Punkt auf dem Bildschirm belohnt wurde und der Nachricht: »Willkommen auf Alpha Centauri. Und jetzt flieg wieder nach Hause!«

Johnny starrte noch ein bißchen länger auf den Bildschirm. Ein- oder zweimal bewegte er den Joystick, um einen anderen Kurs einzuschlagen. Aber das brachte auch nichts. Das Weltall sah in allen Richtungen gleich aus.

»Hallo? Irgend jemand da?« flüsterte er.

Er sah noch ein bißchen fern, bevor er zu Bett ging. Sie zeigten noch mehr Raketen, und irgend jemand erzählte was von anderen Raketen, die in der Lage waren, die erste Art von Raketen niederzumachen.

Die Flotte bewegte sich in Form eines riesigen Kegels vorwärts, Hunderte von Meilen lang. Der Captain warf einen Blick zurück. Da waren jede Menge Mutterschiffe und Hunderte von Jägern. Und immer mehr gesellten sich dazu, während sich die Nachricht von der Kapitulation ausbreitete.

Das Schiff des Auserwählten flog ein Stück entfernt von der Flotte her. Er beantwortete keine Nachrichten.

Aber sie wurden von niemandem beschossen. Seit Stunden hatten sie kein irdisches Schiff mehr gesichtet. Vielleicht, dachte der Captain, funktioniert es tatsächlich. Wir lassen sie zurück . . .

Johnny wachte im Spiel auf.

Es war schwer, in dem Kampfschiff zu schlafen. Zu Beginn war ihm der Sitz als das bequemste Ding der Welt vorgekommen, aber es war verblüffend, wie unbequem er nach ein paar Stunden wurde. Und das Klo war eine komplizierte Angelegenheit aus Schläuchen und Ventilen, und es war, wie er festzustellen begann, keinesfalls geruchsdicht. Eines konnten einem die Computerspiele jedenfalls nicht vermitteln: den *Geruch* des Weltalls. Es hatte seine ganz eigene Note – wie die Achselhöhle einer Maschine. Man wurde nicht schmutzig, weil es keinen Schmutz gab, aber es war von einer Art schmieriger Sauberkeit.

Der Radar machte *ping*.

Nach einer Weile konnte er einen Punkt vor sich sehen. Er bewegte sich kaum, und gefeuert wurde auch nicht.

Er verließ die Flotte und machte einen Erkundungsflug.

Es war ein riesiges Schiff. Oder war zumindest mal eins gewesen. Eine Menge davon war bereits weggeschmolzen.

Mit sanften Drehungen trieb es dahin, absolut tot. Es war grün und annähernd dreieckig, bis auf die sechs Beine oder Arme oder was auch immer. Drei davon waren abgebrochene Stümpfe. Es sah aus wie eine Mischung zwischen einer Spinne und einem Oktopus, von einem Computer entworfen und aus Hunderten von Würfeln zusammengenietet.

Während sich der gigantische Koloß langsam drehte, konnte er riesige Löcher mit geschmolzenen Rändern in seinem Rumpf sehen. Drinnen waren undeutlich Stockwerke zu erkennen.

Er stellte das Funkgerät ein.

»Captain?«

»*Ja.*«

»Kannst du das Ding da sehen? Was ist das?«

»*Ab und zu finden wir so eins. Wir glauben, daß sie einer alten Rasse gehört haben, die inzwischen ausgestorben ist. Ziemlich primitiv, diese Schiffe.*«

Das tote Schiff drehte sich langsam. Auf der anderen Seite klaffte ein langes Brandloch.

»Ich glaube die wurden Space Invaders genannt«, sagte Johnny.

»*Ist das der irdische Name für sie?*«

»Ja.«

»*Das dachte ich mir.*«

Johnny war froh, daß er das Gesicht des Captains nicht sehen konnte. Er dachte: Keiner weiß, wo sie herkamen, geschweige denn, wie sie sich nannten. Und jetzt wird man es niemals mehr erfahren.

Der Radar machte wieder *ping*.

Ein irdisches Schiff näherte sich der Flotte mit großer Geschwindigkeit. Diesmal zögerte er nicht.

Das Problem war, daß die ScreeWee nicht besonders gut kämpfen konnten. Nach den ersten paar Spielen war es leicht, sie zu besiegen. Sie schienen den Dreh einfach nicht rauszukriegen. Sie hatten es nicht drauf, tückisch zu sein, und schnelles Ausweichen war auch nicht ihre Stärke.

Genauer betrachtet, war es mit allen dasselbe. Johnny hatte viele Spiele mit Wörtern wie »Weltall« und »Kampf« im Titel gespielt, und Außerirdische konnte man mit ein paar Wochen Übung leicht schlagen, soviel stand fest.

Dieser Spieler hatte keine Chance gegen einen echten Menschen.

Man hatte sechs Raketen. Johnny hatte bereits zwei abgefeuert, während der Feind kaum größer als ein Punkt war. Dann ließ er den Finger einfach auf dem Abzug, bis es nichts mehr zu feuern gab.

Eine wirbelnde Wolke von Wrackteilen, und das war's.

Schließlich war es ja nicht so, daß tatsächlich jemand starb. Wer auch immer in dem Jäger gesessen hatte, mußte das Spiel lediglich neu starten.

Es *schien* wirklich, aber es war nur ein Traum . . .

Träume schienen immer wirklich.

Er richtete seine Aufmerksamkeit auf das Ding neben seinem Sitz. Es hatte eine Tülle, aus der eine Art dünne Gemüsesuppe in einen Pappbecher lief, und einen Schlitz, aus dem ziemlich große Plastiktüten mit ziemlich kleinem Inhalt, wie zum Beispiel Sandwiches, kamen. Die Tüten mußten groß sein, damit die Liste mit den Zutaten draufpaßte. Sie enthielt absolut alles, was ein Krieger im Weltall brauchte, um gesund zu bleiben. Nicht glücklich, aber gesund . . .

Er hatte gerade einen Happen genommen, als etwas in sein Schiff einschlug. Grellrotes Licht strömte ins Cockpit; die Alarmsysteme plärrten los.

Er blickte gerade rechtzeitig auf, um zu sehen, wie der Angreifer zum zweiten Anlauf ausholte.

Und er hatte nicht mal den Radar im Auge behalten.

Er hatte sein *Abendbrot* gegessen!

Er drehte sein Schiff. Das Multi-Vitamin-Sandwich flog irgendwo zwischen die Versorgungsleitungen.

Der Angreifer kam zurück. Johnny pochte verzweifelt gegen die Kontrollanzeigen.

Moment mal . . .

Was war das Schlimmste, was ihm passieren konnte?

Er würde im Bett aufwachen.

Er nahm sich Zeit. Er wich aus. Er schlingerte hin und her. Eine zweite Rakete traf sein Schiff. Während der Angreifer vorbeihuschte, feuerte Johnny mit allem, was er hatte.

Noch eine Wolke aus Wrackteilen.

Kein Problem.

Aber der andere mußte eine letzte Rakete abgeschossen haben, bevor er ihn erwischt hatte. Noch so ein grellroter Blitz. Die Lichter gingen aus. Das Schiff ruckte. Sein Kopf prallte von der Rückenlehne ab und schlug hart gegen das Kontrollpult.

Er öffnete die Augen.

Genau. Und dann wachst du in deinem Zimmer auf.

Ein Licht blinkte ihn an.

Irgend etwas biepte.

Das mußte der Wecker sein. So enden die meisten Träume...

Er hob den Kopf. Das blinkende Licht war eckig. Er versuchte, es deutlicher zu erkennen.

Da waren Zeichen.

Aber da stand nicht 6:3=.

Da stand **Air Leak**, und das beharrliche Biepen wurde von einem furchtbaren Zischen untermalt.

Nein, nein, dachte er. Das ist nicht wahr.

Er rappelte sich hoch. Da waren viele rote Lichter. Eilig drückte er ein paar Knöpfe, aber das bewirkte gar nichts, außer daß noch mehr Lichter rot aufblinkten.

Er wußte nicht viel über die Bedienung eines Raumjägers, außer schnell, langsam, rechts, links und feuern, aber da blinkten ganze Reihen von Alarmlichtern, ein Zeichen dafür, daß eine Menge Dinge, über die er nicht Bescheid wußte, schiefliefen. Er starrte auf ein paar rote Buchstaben, die besagten: **Secondary Pumps Failure**. Er wußte auch nicht, was Sekundärpumpen waren, aber er wünschte, wünschte es sich von ganzem Herzen, daß sie nicht versagt hätten.

Sein Kopf tat ihm weh. Er berührte ihn, und echtes Blut klebte an seiner Hand. Und er wußte, daß er sterben würde. Er würde *wirklich* sterben.

Nein, dachte er. Bitte! Ich bin John Maxwell. Bitte! Ich bin erst zwölf Jahre alt. Ich will nicht in einem Raumschiff sterben . . .

Das Biepen wurde lauter.

Er blickte wieder auf das Licht.

Es blinkte 6:3=.

Wurde aber auch Zeit, dachte er, während er einschlief . . .

Er wachte auf.

Er saß vor dem Computer. Der Bildschirm war leer, und ihm war eiskalt.

Er hatte Kopfschmerzen, aber ein vorsichtiges Fühlen versicherte ihm, daß da kein Blut war. Es waren *nur* Kopfschmerzen.

Er starrte auf den schwarzen Bildschirm und fragte sich, wie man sich wohl als ScreeWee fühlte.

Genau so, nur daß man nicht aufwachte. Da hieß es immer **Air Leak**, und ständig biepte es **Alarm, Alarm, Alarm**, dann spürte man wahrscheinlich die eisige Kälte des Weltalls, und dann gar nichts mehr.

Er frühstückte erst mal.

In jedem Paket zuckerglasierter Cornflakes gab es jetzt einen Außerirdischen. Das war etwas Neues. Oder etwas Altes, das wieder neu aufgetischt wurde.

Der Außerirdische, der in seiner Schüssel landete, war orange mit drei Augen und vier Armen. Und in jeder Hand hielt er eine Laserpistole.

Sein Vater war noch nicht aufgestanden. Seine Mutter verfolgte die Nachrichten auf dem kleinen Fernseher in der Küche. Ein ziemlich großer Mann in einem sandfarbenen Tarnanzug zeigte auf lauter blaue und rote Pfeile, die in einer Landkarte steckten.

Johnny lief zum Neil-Armstrong-Einkaufszentrum.

Er nahm das außerirdische Plastikwesen mit. Das war *die* Möglichkeit, einen Planeten zu überfallen. Ein Außerirdischer in jeder Packung! Warten, bis sie in jedem Küchenschrank des ganzen Landes waren, und dann das Signal aussenden und *basumm*!

Cornflakes-Killer!

Vielleicht gab es auf irgendeinem anderen Planeten einen kleinen Plastikmenschen in jeder Packung salmiakglasierter Natriumflakes. Hey, *Zorks*! Holt euch die ganze Sammlung! Und dann wären da all diese kleinen Plastikmenschen. Natürlich mit Waffen in den Händen. Schließlich mußte man nur die Straße runterlaufen, um zu sehen, daß hier jeder eine Waffe trug.

Er sah aus dem Busfenster.

Klar, das war's. Diese Cornflakespackungen waren gefährlich. Er stellte sich Außerirdische vor, die mit der

Cosmiczippo-Ray-Heckenschere herumhantierten oder mit dem Megadeath-Bus fuhren oder im Star-Thruster-Einkaufszentrum herumhingen!

Das Problem mit den ganzen Außerirdischen, die er bisher gesehen hatte, war, daß sie einen entweder fressen wollten oder so lange mit Musik volldudelten, bis man ein besserer Mensch wurde. Es gab nie Außerirdische, die etwas ganz Gewöhnliches wollten, wie zum Beispiel den Rasenmäher ausleihen.

Wobbler, Yo-less und Bigmac gaben sich alle Mühe, echt cool am Springbrunnen abzuhängen, aber eigentlich standen sie nur dumm in der Gegend herum. Yo-less trug dieselbe graue Hose, die er in der Schule trug. Man konnte nicht in grauen Hosen abhängen. Und Wobbler trug immer noch seine Sonnenbrille, nur daß es keine richtige Sonnenbrille war, weil er sowieso eine Brille tragen mußte; es war eine von diesen Touristen-Sonnenbrillen, die man auf die andere Brille draufstecken konnte. Sie hatte noch nicht mal die gleiche Größe wie seine richtige Brille, und sein Nasenrücken war schon ganz wundgescheuert. Außerdem trug er einen Anorak. Wobbler war wahrscheinlich der einzige Mensch im ganzen Universum, der noch einen Anorak trug. Und Bigmac hatte zu seinen Tarnhosen und seinem »Terminator«-T-Shirt mit »Blackbury Skins« auf dem Rücken einen Gürtel aufgetrieben, der ganz aus Patronenhülsen gemacht war. Er sah ziemlich dämlich aus.

»Yo, ihr Nieten«, sagte Johnny.

»Wir warten schon 'ne Ewigkeit«, sagte Yo-less.

»Ich bin eine Station zu weit gefahren und mußte wieder zurücklaufen«, sagte Johnny. »War total in Gedanken. Was steht an?«

»Meinst du, was steht an, oder meinst du's irgendwie so in der Richtung, hey, Jungs, was gibt's?« fragte Wobbler.

»Was steht an?« fragte Johnny.

»Ich will zu J & J Software rein«, sagte Wobbler. »Die haben vielleicht schon *Cosmic Coffee Mats* da. In *Bazzammm!* stand was über das Spiel drin, und die sagen, es hätte 'nen absolut sicheren Kopierschutz.«

»Haben sie auch gesagt, ob es was taugt?« fragte Bigmac.

»Wen interessiert das?«

»Eines Tages werden sie dich schnappen«, sagte Yo-less.

»Und dann geben sie mir einen Job im Silicon Valley, damit ich kopiergeschützte Software entwerfe«, sagte Wobbler. Seine Augen leuchteten hinter den doppelten Brillengläsern auf. Für Wobbler war Kalifornien der Ort, wo gute Leute hinkamen, wenn sie gestorben waren.

»Nein, das tun sie nicht. Du bekommst nur eine Menge Ärger und wirst verklagt«, sagte Yo-less. »Und die Polizei beschlagnahmt deine ganze Computerausrüstung. Hab ich in der Zeitung gelesen.«

Sie bummelten planlos zum Computerladen.

»Ich hab mal 'n Film gesehen, wo sie diese Computerspiele hatten, und wenn man echt gut war, kamen die Außerirdischen und holten einen, und dann mußte man ein Raumschiff fliegen und gegen eine feindliche Flotte kämpfen«, sagte Bigmac.

»Haben sie sie geschlagen? Ich meine, in dem Film, wurde die außerirdische Flotte da geschlagen?«

Bigmac warf Johnny einen komischen Blick zu.

»*Natürlich*. Sicher. Sonst würde das ja wohl keinen Sinn ergeben, oder?«

»Nur du kannst die Menschheit retten«, sagte Johnny.

»Was?«

»So heißt das Spiel«, sagte Wobbler.

»Aber so was Ähnliches steht *immer* auf der Verpakkung von Spielen«, sagte Johnny.

»Äh. Genau. So was Ähnliches. Warum auch nicht?«

»Ich meine, die schreiben nie ›Nur du sitzt in einem Raumschiff, das Milliarden wert ist und mehr Schalter hat, als du dir je vorstellen kannst, und wirst von tausend ausgebildeten, feindlichen Piloten in Stücke geschossen, weil du eigentlich keine Ahnung hast, wie man das Ding fliegt.«

Sie schlenderten an Mr. Zippys Eisdiele vorbei.

»Kann mir nicht vorstellen, daß sich so was durchsetzen würde«, sagte Wobbler. »Ich glaube nicht, daß sich ein Spiel mit dem Namen *Laß dich in Stücke schießen* jemals verkaufen würde.«

»Habt ihr immer noch Ärger zu Hause?« fragte Yo-less.

»Ist ziemlich still geworden inzwischen«, sagte Johnny.

»Das kann noch schlimmer sein als Gebrüll.«

»Ja.«

»Es ist gar nicht so schlimm, wenn sich dein Vater und deine Mutter trennen«, sagte Wobbler, »obwohl man dann mehr durch Museen geschleppt wird, als gut für einen ist.«

»Immer noch keine Außerirdischen gefunden?« fragte Yo-less.

»Ähem. Nicht im Spiel.«

»Träumst du immer noch von denen?« fragte Wobbler.

»Irgendwie.«

Eine Frau, die Handzettel über ein Superangebot für Doppelverglasung verteilte, drückte Yo-less aus purer Verzweiflung einen in die Hand. Yo-less nahm ihn, bedankte sich mit ernster Miene, faltete ihn zusammen und steckte ihn in die Tasche. Yo-less hob so etwas immer auf. Schließlich wußte man nie, ob man es nicht irgendwann mal gebrauchen konnte. Eines Tages, wenn er Arzt war, würde er vielleicht seine Praxis doppelverglasen wollen, und dann wäre er in der Lage, die Angebote zu vergleichen.

»Hat jemand gestern abend den Krieg in der Glotze gesehen?« fragte Bigmac. »Geile Art, sich zu verabschieden, was?«

»Verabschieden wovon?« fragte Yo-less.

»Denen zeigen wir's!«

»Denen zeigen wir was?« sagte Wobbler.

»Wir verpassen denen die ›Schwiegermutter aller Kriege‹, was?« sagte Bigmac, der immer noch versuchte, ein bißchen Patriotismus aus den anderen herauszulocken.

»Nee. Das ist nicht wie echter Krieg«, sagte Wobbler. »Das ist nur Krieg fürs Fernsehen.«

»Ich wünschte, ich wäre beim Militär«, sagte Bigmac wehmütig. »Bumm!« Er knallte die Doppelverglasungsfrau ab, die es nicht mal merkte. Bigmac hatte die Angewohnheit, mit imaginären Waffen rumzuballern. Andere Leute spielten auf Luftgitarren, er feuerte Luftknarren.

»Noch ein paar Jahre«, sagte er. »Das ist alles.«

»Du solltest Stormin' Norman einen Brief schreiben«, sagte Wobbler. »Bitte ihn, den Krieg so lange in Gang zu halten, bis du soweit bist.«

»Für jemanden, der Norman heißt, hat er's ziemlich weit gebracht«, sagte Yo-less. »Ich meine... Norman? Klingt nicht grade sehr macho, was? Klingt wie Bruce oder Rodney.«

»Er mußte aber Norman heißen«, sagte Wobbler, »würde sich ja sonst nicht auf Stormin' reimen. Stormin' Bruce wäre albern. Kommt.«

J & J Software war Samstag morgens immer rappelvoll. Es gab immer ein paar Computer mit aktuellen Spielen und Trauben von Leuten, die drumherum standen. Niemand wußte, wer J & J waren, denn der Laden wurde von einem Mr. Patel geführt, der alles mit Adleraugen überwachte. Wobbler behielt er immer ganz besonders im Auge, weil er den ziemlich treffenden Verdacht hatte, daß Wobbler mehr Spiele unter die Leute brachte als er und nicht mal was dafür verlangte.

Die vier verteilten sich. Bigmac war nicht so sehr an Spielen interessiert, und Yo-less ging nach unten, um sich Videos anzusehen. Wobbler hatte jemanden getroffen, der noch komplizierteres Zeug über Computer wußte als er.

Johnny lungerte zwischen den Regalen mit den Spielen herum.

Ich frage mich, ob die ScreeWee das auch machen, dachte er. Oder Leute vom Jupiter oder sonstwoher. Ob die wohl auch in einen Laden gehen und »Vernichtet die Menschen«-Spiele kaufen. Oder ob die Filme haben, in denen ein Mensch herumrennt und ein Raumschiff terrorisiert . . .

Plötzlich hörte er eine laute Stimme am Ladentisch.

Mädchen sah man nicht oft in J & J Software. Vor ziemlich langer Zeit hatte seine Mutter einmal versucht, ein Computerspiel zu spielen. Ein ziemlich einfaches – man mußte Asteroiden, fliegende Untertassen und solche Dinge abschießen. Es war eine äußerst peinliche Angelegenheit gewesen. Ein Wunder, daß sich die fliegenden Untertassen überhaupt die Mühe gemacht hatten, zurückzuschießen. Es wäre angebrachter gewesen, wenn sich die Außerirdischen an den Fenstern versammelt und unanständige Geräusche gemacht hätten. Frauen hatten einfach keine Ahnung.

Das Mädchen beschwerte sich bei Mr. Patel über ein Spiel, das sie gekauft hatte. Jeder wußte, daß das keinen Sinn hatte, selbst wenn man eine Verpackung öffnete und nichts als Mäusescheiße drin war. Mr. Patel vertrat den Standpunkt, daß nicht mal der Papst ein Spiel zurückgeben konnte, wenn erst mal die verschweißte Plastikhülle fehlte. Nicht mal, wenn er Gott im Schlepptau hatte. Und davon ließ er sich keinen Millimeter weit abbringen, weil er Leute wie Wobbler kannte.

Die Jungs verfolgten das Spektakel mit fasziniertem Entsetzen.

Sie tippte unablässig mit dem Finger auf die Spielverpackung.

»Und wer will schon nichts als *Sterne* sehen?« sagte sie. »Ich weiß, wie Sterne aussehen, ob Sie's *glauben* oder nicht. Auf der Verpackung steht, daß man gegen zig Arten von außerirdischen Raumschiffen kämpft. Ich hab nicht mal ein *einziges* zu Gesicht bekommen.«

Mr. Patel murmelte etwas. Johnny stand nicht nahe genug, um ihn zu verstehen. Aber die Stimme des Mädchens hatte etwas sehr Eindringliches, fast so wie ein Korkenzieher. Wenn sie kursiv sprach, konnte man es tatsächlich *hören*.

»Oh, nein. Damit können Sie mir nicht kommen. Woher soll ich denn wissen, ob etwas funktioniert, ohne es *auszuprobieren*? Das fällt unter das Handelsgesetz (1983).«

Die von Ehrfurcht ergriffene Schar der Schaulustigen war erstaunt, einen leicht gehetzten Ausdruck in Mr. Patels Augen zu entdecken. Bis jetzt war ihm noch nie jemand begegnet, der Klammern aussprechen konnte.

Er murmelte noch etwas.

»*Kopieren!* Warum sollte ich es kopieren? Ich hab's schließlich *gekauft*. Auf der Verpackung steht, daß man faszinierende außerirdische Wesen trifft. Alles, was ich gesehen habe, war ein einziges Raumschiff und irgendeine blöde Botschaft auf dem Bildschirm, und dann ist es abgehauen. Das ist nicht grade das, was ich unter faszinierenden außerirdischen Wesen verstehe.«

Botschaft . . .

Abgehauen . . .

Johnny schlich sich näher.

Mr. Patel murmelte noch etwas und ging dann auf eines der Regale zu. Der ganze Laden sah voller Verwunderung zu. Er hielt ein *neues* Spiel in seiner Hand. Er würde tatsächlich einen Umtausch machen. Das war wie Dschingis Khan, der sich entschloß, eine Stadt nicht anzugreifen, weil er lieber zu Hause Fußball gucken wollte.

Dann hielt er die Hand hoch, nickte dem Mädchen zu und stampfte zu einem der Ladencomputer, die alle so viele Fingerabdrücke auf den Tasten hatten, daß man die Funktionen schon lange nicht mehr entziffern konnte.

Alle sahen schweigend zu, als er das Exemplar, das das Mädchen zurückgebracht hatte, in den Computer lud. Die Musik ertönte. Der Vorspann lief über den Bildschirm wie in *Krieg der Sterne*. Es war das übliche Zeug: »Die mächtige ScreeWee-Flotte hat die Föderation angegriffen«, was immer das auch war, »und nur *Du* . . .«

Und dann nichts als Raum. Es war Computerraum – irgendwie schwarz mit einem gelegentlichen vorbeirauschenden Stern.

»Bei der ersten Mission müßten eigentlich sechs Raumschiffe auftauchen«, sagte jemand hinter Johnny.

Mr. Patel warf einen mißbilligenden Blick in die Runde. Dann drückte er vorsichtig eine Taste. »Sie haben grade ein Torpedo ins Leere geschossen, Mr. Patel«, sagte Wobbler.

Schließlich gab Mr. Patel auf. Er warf die Arme in die Luft.

»Wie findet man die Dinger, die man abschießen muß?«

»*Die* finden einen«, sagte irgend jemand. »Inzwischen müßten Sie längst tot sein.«

»Sehen Sie?« sagte das Mädchen. »Nichts als Leere. Ich hab's stundenlang laufen lassen, und da war nur Weltraum.«

»Vielleicht hast du nicht genug Perseveranz. Ihr Halbwüchsigen wißt doch gar nicht, was das Wort Perseveranz bedeutet«, sagte Mr. Patel.

Wobbler blickte über den Kopf des Ladeninhabers hinweg zu Johnny und zog die Augenbrauen hoch.

»Es bedeutet so etwas wie hartnäckig am Ball bleiben«, sagte Johnny hilfsbereit.

»Oh. Alles klar. Also, gestern abend habe ich hartnäckig versucht, am Ball zu bleiben, und habe trotzdem keine gefunden.«

Mr. Patel öffnete behutsam das neue Exemplar des Spiels. Alle sahen aufmerksam zu, wie er die Diskette in das Laufwerk schob.

»Dann wollen wir mal sehen, wie das Spiel aussieht, bevor Mr. Wobbler seine kleinen Tricks anwendet«, sagte er.

Der Titel leuchtete auf. Dann lief die Geschichte über den Bildschirm, so, wie es sein sollte. Und die Instruktionen.

Und Leere.

»Jetzt kommt's bald«, sagte Mr. Patel.

Und noch mehr Leere.

»Das ist gestern erst geliefert worden.«

Noch mehr Leere. So war das eben im Weltraum.

Mr. Patel nahm die Verpackung und sah sie sich genau an. Aber alle hatten gesehen, wie er die Plastikhülle aufgerissen hatte.

Sie sind weg, dachte Johnny.

Selbst in den neuen Spielen.

Sie sind weg.

Die Leute lachten. Aber Wobbler und Yo-less starrten ihn nur an.

Niemand stirbt wirklich

»Ich schätze«, sagte Bigmac. »Ich *schätze* . . .

»Ja?« sagte Yo-less.

»Ich schätze . . . Ronald McDonald ist wie Jesus Christus.«

Bigmac machte so was öfter. Manchmal gab er die Art von großer, langsamer Erklärung ab, die darauf schließen ließ, daß er sich seit geraumer Zeit mit irgendwelchen tieferen Gedanken herumschlug. Das war wie die Entstehung von Bergen. Johnny wußte, daß sie durch die Zusammenschiebung von Kontinenten entstanden, aber niemand hatte das je gesehen.

»Ja?« sagte Yo-less mit nachsichtiger Stimme. »Und wie kommst du da drauf?«

»Na, sieh dir doch mal die ganze Werbung an«, sagte Bigmac, während er mit einer Fritte auf den Rest des Hamburgerladens zeigte. »Da ist dieses herrliche Land, wo man hinkommt und wo es Seen und Bananenmilchshake gibt und Bäume voller Fritten. Und . . . und dann ist da der Hamburger-Klauer. Das ist der Teufel.«

»Mr. Zippy's läßt ein riesiges sprechendes Eis für seine Eisdiele werben«, sagte Wobbler.

»Gefällt mir nicht«, sagte Yo-less. »Ich würde keinem Eis trauen, das einen dazu überreden will, Eis zu essen.«

Manchmal führten sie stundenlang solche Gespräche, nämlich immer dann, wenn es etwas gab, über das sie nicht sprechen wollten. Aber jetzt schien ihnen nichts mehr einzufallen.

Alle blickten schweigend zu Johnny, der seinen Hamburger kaum angerührt hatte.

»Hört zu, ich weiß auch nicht, was da passiert«, sagte er.

»Bei Gobi Software werden sie echt sauer auf dich sein, wenn sie rausfinden, was du gemacht hast«, sagte Wobbler grinsend.

»Ich hab gar nichts gemacht!« sagte Johnny. »Es ist nicht meine Schuld.«

»Könnte ein Virus sein«, sagte Yo-less.

»Nee«, sagte Wobbler. »Ich hab Tonnen von Viren. Die bringen nur den Computer durcheinander. Die verkorksen dir nicht den Kopf.«

»Könnten sie aber«, sagte Yo-less. »Mit blinkenden Lichtern und so. Ähnlich wie bei 'ner Hypnose.«

»Erst hast du gesagt, ich bilde mir das alles nur ein! *Du* warst derjenige, der gesagt hat, ich würde meine Phantasien projizieren!«

»Das war, bevor Patel ein halbes Dutzend Verpackungen aufgemacht hat. Junge, daß ich das mitkriegen durfte. Der hat ihr nicht nur das Spiel umgetauscht, er hat ihr auch noch das Geld zurückgegeben, *Tatsache*!«

Johnny lächelte unsicher.

Wobbler trommelte mit den Fingern auf die Tischplatte, oder, besser gesagt, halb auf die Tischplatte und halb auf einen Klecks Barbecuesauce.

»Nein, also ich glaube immer noch, daß Gobi Software die Spiele irgendwie präpariert hat. Junge, die Idee mit dem Virus finde ich echt super«, sagte er. »Menschen werden mit Computerviren infiziert? Klingt abgefahren.«

»So was gibt's aber nicht«, sagte Johnny.

»Die haben so was mit Filmen gemacht, wo sie nur ein Bild von irgendwas einblenden, von 'ner Eiscreme zum Beispiel, und das setzt sich bei den Leuten im Kopf fest, ohne daß die's merken, und dann haben plötzlich alle Lust auf Eiscreme«, sagte Yo-less. »Unterschwellige Werbung nennen sie das. Das würde sich auf einem Computerbildschirm leicht machen lassen.«

Johnny dachte an den Captain und an die Bilder, die sie ihm von ihren Kindern gezeigt hatte. Das sah nicht nach Hypnose aus. Er wußte nicht, *wonach* es aussah, aber ganz bestimmt nicht nach Hypnose.

»Vielleicht sind es echte Außerirdische, und sie haben deinen Computer unter Kontrolle«, sagte Yo-less.

»UUUU-iiiieee-UUUU« sang Bigmac und wedelte mit den Händen in der Luft, dann sagte er mit düsterer Stimme: »Johnny Maxwell wußte es noch nicht, aber er verirrte sich gerade in die ... Toilet Zone ... diedeldiedel, diedeldiedel, diedeldiedel ...«

»Immerhin, schließlich sollst du sie zur Erde führen«, fuhr Yo-less fort.

»Aber das ist nur ihre Bezeichnung für ihre eigene Welt«, sagte Johnny.

»Das haben sie dir gesagt. Außerdem sind es Molche. Möglicherweise führst du sie direkt hierher.«

Alle blickten nach oben, als könnten sie durch die Decke, die Büroräume der T & F-Versicherungsagentur und das Dach eine riesige Flotte Außerirdischer am Himmel sehen.

»Deine Phantasie geht mal wieder mit dir durch« sagte Wobbler. »Du kannst einen Planeten nicht mit einem Haufen Außerirdischer aus einem Computerspiel erobern. Die leben auf dem Bildschirm. Die sind nicht *echt.*«

»Und was willst du jetzt tun?« fragte Yo-less.

»Einfach weitermachen, denke ich«, sagte Johnny. »Wer war das Mädchen in Patels Laden?«

»Weiß nicht«, sagte Wobbler. »Ich hab sie schon mal da gesehen, bevor ich mit *Cosmic Trek* angefangen habe. Mädchen haben's nicht drauf mit Computerspielen, weil sie nicht so ein räumliches . . . was auch immer haben wie wir«, fuhr er vage fort. »Ihr wißt schon. Sie können nicht dreidimensional denken oder so was. Dazu fehlt ihnen der Instinkt.«

»Der Captain ist eine Frau«, sagte Johnny.

»Vielleicht ist das bei Riesenmolchen anders«, sagte Wobbler.

Bigmac lutschte an einem Beutel Ketchup.

»Glaubt ihr, daß ES noch weitergeht, bis ich alt genug bin, um mich zum Militär zu melden?« fragte er gedankenverloren.

»Nein«, sagte Yo-less. »Stormin' Bruce wird das schon machen. Denen zeigt er's.«

»Denen zeigt er was?« leierten alle im Chor wie müde Mönche.

Am Nachmittag gingen sie ins Kino. Sie sahen sich *Alabama Smith and the Emperor's Crown* an. Wobbler meinte anschließend, es sei ein rassistischer Film gewesen, aber Yo-less sagte, daß es ihm ganz gut gefallen hätte. Sie diskutierten darüber, ob der Film immer noch als rassistisch gelten konnte, wenn Yo-less ihn gut fand. Johnny kaufte Popcorn für alle. Das war noch so ein Ding in Schweren Zeiten – Taschengeld gab es unregelmäßig, dafür aber mehr als sonst.

Als er nach Hause kam, aß er Spaghetti und sah ein bißchen fern. Den pyramidenförmigen Mann mit der Wüstentarnung schienen sie jetzt ziemlich oft zu zeigen. Johnny fand Stormin' Norman ganz sympathisch. Er sah aus wie die Art von Mann, die mit dem Captain sprechen konnte.

Dann brachten sie eine Sendung, in der es darum ging, die Wale zu retten. Sie hielten es für eine gute Idee.

Dann konnte man eine Menge Geld gewinnen, wenn man den Showmaster einer Gameshow ertragen konnte, anstatt ihm zum Beispiel ein Kuscheltier ins Maul zu stopfen und wegzurennen.

Dann kamen Nachrichten. Wieder zeigten sie die Wüste und Bilder von Bomben, die mit nadelscharfer Präzision in feindliche Schornsteine abgeworfen wurden. Und Sport.

Und dann . . .

Also gut, mal sehen.

Er schaltete den Computer an.

Leere. Und noch mehr Leere.

Keine ScreeWee weit und breit.

Moment mal, dachte er. Die sind alle in der großen Flotte, oder? Sie folgen mir. Sie sind mir aus dem . . . aus dem *Spiel* gefolgt. Es muß eine Möglichkeit geben, von hier aus dorthin zu kommen, wenn man lange genug fliegt. Und zwar in die richtige Richtung.

In welche Richtung bin ich geflogen?

Kann ich mich selbst einholen?

Kann mich ein *anderer* einholen?

Er starrte eine Weile auf den Bildschirm. Es war noch langweiliger als die Gameshow.

Früher oder später würde er schlafen müssen. Er dachte angestrengt darüber nach, während Alabama Smith von den Bösen über einen einheimischen Markt gehetzt wurde . . .

. . . Johnny hatte seine eigene Theorie über diese Märkte. In jedem Abenteuerfilm gab es eine Verfolgungsjagd über den einheimischen Markt mit einer Menge durchgedrehter Rikschas, die in irgendwelche Marktstände knallten, umgeworfenen Tischen und gackernden Hühnern, und die Theorie war: Es handelte sich dabei immer um denselben Markt. Jedenfalls sah er immer gleich aus. Wahrscheinlich gab es irgendwo einen Obststandbesitzer, der langsam die Schnauze gestrichen voll hatte . . .

Wie auch immer . . .

Er würde seinen Fotoapparat mitnehmen.

Er ging früh ins Bett, den Gurt seiner Kamera fest ums Handgelenk gewickelt. Fotoapparate träumten nicht.

Das Raumschiff roch *menschlich.*

Er hörte keinen Alarm und keine zischenden Geräusche.

Ich bin wieder zurück, dachte Johnny.

Und da war auch die ScreeWee-Flotte, verteilt über den Himmel hinter ihm.

Und die Kamera, deren Gurt immer noch um seinen Arm gewickelt war. Er wickelte sie schnell ab und machte ein Foto von der Flotte. Nach ein paar Sekunden spuckte der Apparat surrend das Foto aus, bis es sich allmählich entwickelte. Jawohl. Die Flotte. Wenn er es schaffte, das Bild mit zurückzunehmen, hätte er Beweise . . .

Ein rotes Licht leuchtete neben dem Bildschirm auf. Jemand wollte mit ihm sprechen. Er betätigte den Schalter.

»*Wir haben gesehen, wie dein Schiff explodiert ist*«, meldete sich die Stimme des Captains. Der Bildschirm knisterte einen Moment lang und zeigte dann ihr Gesicht. Es wirkte besorgt. »*Und dann . . . war es plötzlich wieder da. Du lebst noch?*«

»Ja«, sagte Johnny, dann fügte er hinzu: »Ich glaube schon.«

»*Verzeih mir, aber ich muß dich etwas fragen. Was passiert mit dir?*«

»Wie?«

»*Wenn du . . . gehst?*«

Johnny dachte nach. Was soll ich ihr sagen? Daß ich versuche, mich in der Schule wach zu halten? Daß ich viel in meinem Zimmer bin? Daß ich mit Wobbler und den anderen herumhänge? Daß wir im Einkaufszentrum abhängen oder im Park oder bei jemandem zu Hause, allerdings nicht bei mir, weil meine Eltern im Moment Schwere Zeiten durchmachen? Daß wir Dinge sagen, wie zum Beispiel »Ich bin total gezoscht«, obwohl wir nicht sicher sind, was sie bedeuten? Daß wir manchmal ins Kino gehen? Daß wir in Blackbury leben, der absolut coolsten Stadt aller Städte?

Mein Leben muß das langweiligste Leben im gesamten Universum sein. Vermutlich gibt es unter den Steinen auf Neptun irgendwelche Wabbelkleckse, die ein interessanteres Leben führen als ich . . .

»Das ist schwer zu erklären«, sagte er. »Ich –«

Er hörte ein *Ping* vom Radarschirm.

»Ich muß jetzt Schluß machen«, sagte er ein wenig erleichtert. Jemandem im tödlichen Kampf gegenüberzutreten war immer noch besser als der Versuch, einem Riesenmolch etwas von Schweren Zeiten zu erzählen.

Ein Schiff näherte sich mit Höchstgeschwindigkeit. Es schien ihn nicht zu bemerken. Sein Radar mußte voller ScreeWee-Schiffe sein.

Er hatte es jetzt in der Mitte seines Fadenkreuzes. Um ihn herum brummte sein Raumjäger. Er konnte die geballte Kraft unter seinem Daumen spüren. Er brauchte bloß auf den Knopf zu drücken und eine Million Volt oder

Ampère weißglühender Laser-Power würde herauszischen und . . .

Sein Daumen zitterte.

Er schien ihm nicht gehorchen zu wollen.

Aber es stirbt doch keiner! sagte er zu sich selbst. Da sitzt nur irgend jemand irgendwo in seinem Zimmer vor dem Computer! Für die spielt sich das alles nur auf dem Bildschirm ab! Niemand stirbt wirklich!

Er konnte mit absoluter Genauigkeit ein Torpedo auf seine Schubdüsen abfeuern!

Niemand stirbt wirklich!

Der Jäger rauschte an ihm vorbei und auf die Flotte zu.

Auf dem Radarschirm sah er zwei weiße Punkte, was bedeutete, daß er zwei Raketen abgeschossen hatte. Sie blitzten auf eines der kleineren ScreeWee-Schiffe zu, und der Angreifer feuerte noch weitere Raketen ab.

Das ScreeWee-Schiff ging in Flammen auf. Johnny wußte, daß man im Weltraum eigentlich keine Geräusche hörte, aber er hörte es – ein langes, gedämpftes Donnern, das sich wie eine Welle zwischen den Sternen ausbreitete.

Das irdische Schiff beschrieb eine lange Kurve und näherte sich zum zweiten Angriff.

Das Gesicht des Captains erschien auf dem Bildschirm.

»Wir haben uns ergeben! Das darf nicht geschehen!«

»Es tut mir leid. Ich . . .«

»Du mußt dem sofort ein Ende bereiten!«

Johnny erhöhte die Geschwindigkeit seines eigenen Jägers, während er versuchte, das Mikrofon zu justieren.

»Computerspieler! Computerspieler! Sofort aufhören! Sofort aufhören, oder ...«

Oder was, dachte er.

Er legte den Daumen über den Auslöser und zielte auf den Angreifer ...

»Bitte! Ich mein's ernst!«

Doch der Jäger stürzte auf ein anderes ScreeWee-Schiff zu, ohne Notiz von ihm zu nehmen.

»Also gut, dann ...«

Blendend blaues Licht blitzte vor ihm auf. Er schloß die Augen, und das Licht schimmerte immer noch violett in der Dunkelheit. Als er sie wieder öffnete, war der irdische Jäger vor ihm nur noch eine expandierende Wolke aus glitzerndem Staub.

Er drehte sich in seinem Sitz um. Das Schiff des Captains schwebte direkt hinter ihm. Er konnte die Kanonen glühen sehen.

Im Spiel machten sie so etwas nie. Sie hatten viel mehr Feuerkraft als man selbst, aber sie gingen ziemlich ungeschickt damit um. Das mußte so sein. Schließlich konnte man Hunderte außerirdischer Schiffe nur deshalb besiegen, weil sie von Gefechtstechnik kaum mehr verstanden als eine Gemüsegurke.

Diesmal hatten sie ihre Kanonen mit äußerster Präzision abgefeuert.

Das Gesicht des Captains erschien wieder auf dem Bildschirm.

»Tut mir leid.«

»Was? Was ist passiert?«

»Es wird nicht wieder vorkommen, das verspreche ich.«

»Was ist passiert?«

Einen Moment lang herrschte Schweigen. Der Captain schien auf einen Punkt jenseits der Kamera zu blicken.

»Es hat einen unautorisierten Schießbefehl gegeben«, sagte sie. *»Die Schuldigen werden sich dafür verantworten müssen.«*

»Ich wollte mich um den Angreifer kümmern«, sagte Johnny unsicher.

»Ja. Hoffentlich tust du es auch das nächste Mal, bevor eines meiner Schiffe zerstört wird.«

»Es tut mir leid, ich . . . wollte nicht feuern. Es ist nicht leicht, ein anderes Schiff abzuschießen.«

»Wie merkwürdig, das von einem Menschen zu hören. Dann haben sich die Space Invaders wohl selbst abgeschossen?«

»Wie meinst du das?«

»Haben sie euch irgendwas getan?«

»Hör zu, ihr seht das völlig falsch«, sagte Johnny. »In Wirklichkeit sind wir gar nicht so!«

»Ich bitte um Verzeihung. Von meiner Warte aus scheinen die Dinge etwas anders zu liegen.«

Es wäre besser gewesen, wenn sie ihn angebrüllt hätte, aber das tat sie nicht. Johnny hätte damit umgehen können, wenn sie wütend gewesen wäre. Statt dessen klang sie nur resigniert und traurig. Es war derselbe Ton, in dem sie über das Wrack der Space Invaders gesprochen hatte.

Dann merkte er, daß er ziemlich wütend war.

Ihn konnte sie wohl kaum damit meinen.

Er rettete Spinnen aus der Badewanne, selbst wenn sie schon ganz seifig waren. Trotzdem sah sie ihn an, als wäre er Dschingis Khan oder so was . . . und das, nachdem sie gerade ein Schiff in *Stücke* geschossen hatten.

»Ich hab nicht darum gebeten, hier zu sein! Ich hab nur ein Spiel gespielt! Ich hab meine eigenen Probleme! Ich sollte endlich mal wieder durchschlafen! Das ist nämlich wichtig in meinem Alter! Warum gerade ich?«

»Warum nicht?«

»Ich sehe nicht ein, warum ich mir die ganze Zeit anhören muß, wie brutal wir sind! Schließlich schießt ihr auch auf uns!«

»Selbstverteidigung.«

»O nein! Oft schießt ihr auch zuerst!«

»Was Menschen betrifft, haben wir herausgefunden, daß es lebenswichtig ist, mit der Verteidigung so früh wie möglich zu beginnen.«

»Ich hab jedenfalls die Nase voll! Sucht euch einen anderen!«

Er stellte den Bildschirm aus und drehte mit seinem Jäger ab. Er rechnete halb damit, daß ihm der Captain ein paar Jäger hinterherschicken würde, aber das tat sie nicht. Sie tat überhaupt nichts.

Bald schon war die Flotte nichts als eine große Ansammlung gelber Punkte auf seinem Bildschirm.

Ha! Das war's!

Sie konnten ihren Weg nach Hause auch alleine finden. Sie brauchten ihn sowieso nicht mehr. Das Spiel war witzlos. Wer würde schon Stunden damit verbringen, auf einsame Sterne zu starren? Von jetzt an mußten sie ohne ihn klarkommen.

Geschah ihnen recht. Er legte sich für sie ins Zeug, und dabei waren es nur Molche.

Gelegentlich rauschte ein Stern vorbei. Im echten Weltall sah man keine Sterne vorbeirauschen. Aber in den Computerspielen mußten sie das machen, damit die Leute nicht dachten, daß sie so etwas wie Wobblers *Reise nach Alpha Centauri* gekauft hatten.

Interessanter Gedanke. In welche Richtung flog er eigentlich?

Der Radar machte *ping*.

Ein paar Schiffe kamen auf ihn zu. Die Punkte waren grün. Das bedeutete »freundlich«. Aber die Raketen, die vor ihnen aufblitzten, wirkten alles andere als freundlich.

Moment mal, Moment mal – welche Farbe hatte er auf *ihren* Radarschirmen?

Das war wichtig. Freundliche Schiffe waren grün, feindliche Schiffe gelb. Er war ein Raumjäger. Ein *irdischer* Raumjäger.

Andererseits hatte er auf der Seite der ScreeWee gekämpft, also erschien er vielleicht als . . .

Er riß das Mikro an sich und brachte gerade noch ein »Äh, ich . . .« heraus, bevor der Rest des Satzes sehr dünn und kleinlaut zwischen den Sternen verhallte.

Er wachte auf.

Es war 6:3=.

Irgendwie war ihm kalt.

Er fragte sich, warum die Leute so viel Wirbel um Träume machten. Traumschiff. Traumschloß. Im Apfelbaum, da hängt ein Traum . . . Doch genauer betrachtet, waren Träume oft furchtbar, und man hatte das Gefühl, sie wären Wirklichkeit. Träume fingen gut an, doch egal, was man machte, irgendetwas lief immer schief. Man konnte Träumen einfach nicht trauen.

Er ließ den Wecker gestellt, obwohl es Sonntag war und es nichts zu tun gab. So bald würde sowieso niemand aufstehen. Außerdem war er ganz steif vom vielen Sitzen. Der Computer war übrigens nicht angeschaltet.

Vielleicht würde er heute abend ein paar Sachen auf den Boden zwischen dem Bett und dem Computer legen, damit er aufwachte.

Er ging wieder zurück ins Bett und knipste das Heizlaken an.

Er starrte eine Weile an die Decke. Da oben hing immer noch das Modell einer Raumfähre. Allerdings hatte sich einer der Fäden von der Reißzwecke gelöst, so daß sie sich in einem permanenten Sturzflug befand.

Da war irgend etwas in seinem Bett. Er tastete unter der Decke herum und zog seine Kamera hervor.

Was bedeutete . . .

Er tastete weiter und fand das rechteckige, glänzende Papier.

Er sah es sich an.

Tja. Hm. Was hatte er denn erwartet?

Er stand noch einmal auf und schaltete den Computer an, dann legte er sich wieder ins Bett und beobachtete den Bildschirm. Immer noch rauschten unechte Sterne vorbei.

Vielleicht machten andere Leute dasselbe. Überall im Land. Vielleicht sogar in der ganzen Welt. Vielleicht zeigte nicht jeder Computer dasselbe Stück Weltall, so daß einige Leute der Flotte näher waren als andere. Vielleicht gab es Leute, die richtig hartnäckig waren, so wie Wobbler, und sich nicht geschlagen gaben.

Manchmal sah man solche Leute bei J & J Software. Sie probierten irgendein neues Spiel, das Patel in den Computer geladen hatte, wurden in Stücke geschossen oder gefressen oder was auch immer – das passierte meistens beim ersten Mal –, und dann konnte man sie nicht mal mit einem Brecheisen vom Computer losreißen. Man kam ein Stück weiter, und dann starb man. So funktionierten die meisten Spiele. Die Leute wurden richtig aufgeheizt. Sie mußten den Gegner besiegen, so wie Wobbler oft wochenlang versuchte, ein Programm zu besiegen. Manche Leute nahmen es ziemlich persönlich, wenn sie in Stücke gerissen wurden.

Also waren die Schiffe, die er vorhin gesehen hatte, diejenigen, die nicht aufgaben.

Aber der Captain war ihm kein bißchen dankbar gewesen! Es war einfach nicht fair, ihn so weit zu bringen, daß er sich wie ein Monster fühlte. Als ob es ihm gefallen würde, irgend jemanden kaltblütig abzuschalten! Dabei hatten sie selbst gerade ein anderes Schiff total zerstört. Okay, es hatte sie angegriffen, nachdem sie sich ergeben hatten, aber schließlich war es nur ein Spiel...

Es sei denn, daß es für die ScreeWee kein Spiel war. Und sie hatten sich ergeben.

Das bedeutete aber noch lange nicht, daß er die Verantwortung für sie trug, oder? Jedenfalls nicht die ganze Zeit. Für eine Weile war es ganz in Ordnung gewesen, aber langsam hatte er die Nase voll.

Er stapfte durch das dunkle Haus nach unten und zog das Lexikon aus dem Regal unter dem Videorecorder. Sie hatten es letztes Jahr von einem Mann an der Haustür gekauft, der Johnnys Vater davon überzeugt hatte, daß es ein gutes Lexikon war, weil es viele bunte Bilder hatte. Es hatte tatsächlich viele bunte Bilder. Man konnte prima mit dem Wissen aufwachsen, wie alles aussah, wenn man nicht so erpicht darauf war, herauszubekommen, worum es sich dabei handelte.

Nachdem er zehn Minuten lang den Index durchgesehen hatte, war er auf den Begriff »Kriegsgefangener« und schließlich auf die Genfer Konvention gestoßen. Das war nichts, was man mit großen bunten Bildern illustrieren konnte, also stand auch nicht viel über das Thema drin, doch das, was da stand, las er mit großem Interesse.

Es war erstaunlich.

Er hatte immer gedacht, daß Gefangene, nun ja, eben einfach Gefangene waren – man hatte sie nicht umgebracht, also konnten sie sich glücklich schätzen. Aber es stellte sich heraus, daß man ihnen dasselbe Essen geben mußte wie den eigenen Soldaten und daß man sich um sie kümmern und ihnen Sicherheit garantieren mußte. Selbst wenn sie gerade eine ganze Stadt zerbombt hatten, mußte man ihnen aus ihren abgestürzten Flugzeugen helfen, sie medizinisch versorgen und sie anständig behandeln.

Johnny starrte auf die Buchseite. Es war komisch. Die Leute, die das Lexikon geschrieben hatten – auf der Innenseite des Umschlags stand, daß es sich dabei um die Universal Wonder Knowledge Data Printing Inc. in Power Cable, Nebraska handelte –, hatten es mit all diesen bunten Abbildungen von Papageien und so vollgestopft, weil es die natürlichen Wunder dieser Welt waren, wo es doch das allergrößte Wunder der Welt war, daß Menschen auf solche Ideen wie diese kamen. Es war, als würde man ein winziges bißchen Mittelalter zwischen all den Raketen und dem anderen Zeug entdecken.

Johnny wußte über das Mittelalter Bescheid, weil er einen Aufsatz darüber geschrieben hatte, wie man sich als Bauer im Mittelalter gefühlt haben mußte. Wenn ein Ritter im Kampf von seinem Pferd fiel, war es der anderen Seite nicht gestattet, ihn mit einem Dosenöffner freizulegen und zu foltern, sondern sie mußten sich um ihn kümmern und ihn nach einer Weile wieder nach Hause schikken, wobei es ihnen freistand, die Dienstleistungen in Rechnung zu stellen.

Im großen und ganzen war er bei den ScreeWee einigermaßen glimpflich davongekommen. Denn nach der Genfer Konvention hätte er sie alle füttern müssen.

Er stellte das Lexikon zurück und machte den Fernseher an.

Es war merkwürdig. Jemand beschwerte sich darüber, daß die Feinde ihre Kriegsgefangenen in Gebäuden unterbrachten, die möglicherweise bombardiert werden würden, so daß sie Gefahr liefen, von ihren eigenen Leuten getötet zu werden. Das sei barbarisch, sagte ein Mann. Alle anderen im Studio pflichteten ihm bei.

Johnny fand das auch, irgendwie. Aber er fragte sich, wie er dem Captain so etwas erklären sollte. Stück für Stück betrachtet, ergab alles einen Sinn. Nur wenn man versuchte, an alles auf einmal zu denken, kam nichts dabei heraus.

Es gab zu viel Krieg im Fernsehen. Johnny fand, daß es an der Zeit war, langsam mal etwas anderes zu zeigen.

Er ging hinaus in die Küche und machte sich einen Toast, dann versuchte er, die verbrannten Stellen so leise wie möglich abzukratzen, damit niemand aufwachte. Er nahm den Toast und das Lexikon mit nach oben und kroch wieder zurück ins Bett.

Um die Zeit totzuschlagen, las er noch ein bißchen mehr über die Schweiz, denn das war das Land, in dem Genf lag. Da stand, daß jeder Mann im Land Militärdienst verrichten und eine Waffe im Haus haben mußte. Aber die Schweiz kämpfte nie gegen jemanden. Vielleicht ergab das irgendwo einen Sinn. Und das, wofür das Land bekannt war, war die Herstellung raffinierter und komplizierter mechanischer Meisterwerke, die einen kleinen Holzvogel durch ein Türchen auftauchen und »Kuckuck« rufen ließen.

Nach einer Weile döste er ein, ohne irgend etwas zu träumen.

Auf dem Bildschirm rauschten die unechten Sterne vorbei. Nach einer Stunde oder so erschien genau in der Mitte ein gelber Punkt. Nach einer weiteren Stunde war er schon etwas größer, groß genug, um als Anhäufung kleinerer gelber Punkte erkannt zu werden.

Dann kam Johnnys Mutter, um nach ihm zu sehen, deckte ihn ordentlich zu und schaltete den Computer aus.

Wenn nicht du, wer dann?

Im Schiff roch es jetzt ständig nach Rauch und verbranntem Plastik, stellte der Captain fest. Die Klimaanlage konnte auch nichts mehr daran ändern. Ein Teil des Rauchs und des verbrannten Plastiks *war* die Klimaanlage.

Sie spürte die Blicke ihrer Offiziere. Sie wußte nicht, auf wie viele von ihnen sie sich noch verlassen konnte. Sie hatte das Gefühl, daß sie nicht sehr beliebt war.

Sie sah auf und blickte dem Artillerieoffizier in die Augen.

»Sie haben meine Befehle mißachtet«, widerholte sie.

Der Artillerieoffizier sah sich mit einem Anflug verletzter Unschuld im Kontrollraum um.

»Aber wir wurden *angegriffen*« sagte er. »Sie haben die ersten Schüsse abgefeuert.«

»Ich sagte, daß wir nicht feuern würden«, sagte der Captain, wobei sie versuchte, das zustimmende Gemurmel im Hintergrund zu ignorieren. »Ich habe dem Auserwählten mein Wort gegeben. Er wollte gerade selbst schießen.«

»Hat er aber nicht« sagte der Artillerieoffizier. »Er hat nur zugeguckt.«

»Er war kurz davor zu schießen.«

»*Kurz davor* ist zu spät. Der Tanker *Kreewhea* ist zerstört worden. Und mit ihm die Hälfte unseres Proviants, wenn ich mir die Bemerkung erlauben darf ... *Captain*«, sagte der Artillerieoffizier.

»Wie auch immer, jedenfalls haben Sie sich meinem Befehl widersetzt.«

»Ich kann es einfach nicht glauben! Warum dürfen wir nicht *kämpfen*?«

Der Captain zeigte aus dem Fenster. Die Flotte flog gerade an mehreren Schiffswracks der alten Space Invaders vorbei.

»Die haben gekämpft«, sagte sie. »Unaufhörlich. Und seht sie euch jetzt an. Und das waren nur die ersten. Erinnert ihr euch, was mit den Vortiroiden passiert ist? Und mit den Meggazzoiden? Und den Glaxotikonen? Wollt ihr dasselbe erleben?«

»Ha. Die waren alle primitiv. Und nicht entschlossen genug.«

»Aber sie waren viele, und sie sind trotzdem ausgestorben.«

»Wenn wir schon sterben müssen, dann kann ich nur sagen, daß ich lieber im Kampf sterbe«, sagte der Artillerieoffizier. Diesmal war das Gemurmel noch viel lauter,

»Dann wären Sie immer noch tot«, sagte der Captain.

Sie dachte: Wenn ich ihn erschieße oder einsperre, wird es eine Meuterei geben. Eine Geldbuße kann ich ihm nicht auferlegen, weil bisher keiner von uns bezahlt wurde. Unter Arrest kann ich ihn auch nicht stellen, weil ... sie haßte diesen Gedanken ... wir ihn am Ende vielleicht doch noch brauchen.

»Ich spreche hiermit eine offizielle Rüge aus«, sagte sie schließlich.

Der Artillerieoffizier grinste.

»Das wird in Ihre Akte aufgenommen« flüsterte sie hinzu.

»Da wir nicht lebend davonkommen ...«, begann der Artillerieoffizier.

»Das ist meine Verantwortung«, sagte der Captain. »Sie sind entlassen.«

Der Artillerieoffizier starrte sie haßerfüllt an.

»Wenn wir nach Hause kommen ...«

»Oh?« sagte der Captain. »Jetzt auf einmal glauben Sie also doch, daß wir es schaffen?

Bis zum frühen Abend war Johnnys Temperatur auf 39,5 Grad gestiegen; er hatte das, was seine Mutter als »Sonntagabend-Grippe« bezeichnete. Er lag mit dem kuschelig warmen Gefühl im Bett, daß ihm, egal was auch passierte, die Schule morgen erspart bleiben würde.

Seine Augen juckten, und seine Armbeugen fühlten sich heiß an.

Er konnte den Fernseher unten hören. Er überlegte zwanzig Minuten lang, ob er aufstehen und seinen eigenen alten Fernseher anschalten sollte, aber als er sich aufrichtete, hatte er lila Punkte vor den Augen und ein *goioioing* in den Ohren.

Trotzdem mußte er es irgendwie geschafft haben, denn als er das nächste Mal hinsah, war er an, und die Farben waren viel besser als sonst. Da waren die Nachrichtensprecher – der Schwarze und der andere, dessen Brille besser unter seine Augenlider zu passen schien als darüber –, und da war das Studio, so wie immer.

Nur daß in der oberen Ecke »ScreeWee-Krieg« stand, wo sonst so gewöhnliche Wörter wie »Euro-Gipfel« oder »Haushaltsdefizit« zu lesen waren. Er konnte nicht hören, was sie sagten, doch dann wurde eine Karte des Weltalls eingeblendet. Sie war schwarz. So war das nun mal mit dem Weltall. Es war unendlich, nichts als riesige, schwarze undurchdringliche Weite.

In der Mitte der ganzen schwarzen Leere war ein dicker, roter Pfeil. Mehrere Dutzend blaue Pfeile näherten sich ihm vom Rand der Karte. In der unteren Ecke der Karte befand sich ein eingeblendetes Foto von einem Mann, der in ein Telefon sprach.

Moment mal, dachte Johnny. Ich bin mir fast sicher, daß die ScreeWee keinen BBC-Reporter bei sich hatten. Sie hätten es mir gesagt. Wahrscheinlich ist da nicht mal einer von CNN.

Er empfing immer noch keinen Ton, aber das war auch gar nicht nötig. Es war offensichtlich, daß sich Menschen der Flotte näherten.

Die Szene wechselte. Jetzt zeigten sie ein Zelt und einen großen Mann, der vor einem weiteren Exemplar der gleichen Karte stand.

Diesmal wurde der Ton mitgeliefert. Der Mann sagte: »Dieser Johnny... er ist kein Kämpfer. Er ist auch kein Politiker. Er geht nach Hause, wenn es brenzlig wird. Er läuft vor seinen Verpflichtungen weg. Aber davon abgesehen ist er ein wirklich netter Junge...«

»Das ist nicht wahr!« rief Johnny.

»Ach ja? sagte eine Stimme hinter ihm.

Er drehte sich nicht sofort um. Es hatte so geklungen, als wäre die Stimme von seinem Sessel gekommen. Und das war noch unwahrscheinlicher als ScreeWee im Fernsehen. Niemand konnte auf diesem Sessel sitzen. Er war voller alter T-Shirts und Bücher und Teller und Müll. Und unter der dicken Schicht alter Socken befand sich wahrscheinlich irgendwo der verloren geglaubte Erdbeerjoghurt. Niemand konnte sich da hinsetzen, nicht ohne Spezialausrüstung.

Der Captain schien es jedoch zu können. Und offensichtlich fühlte sie sich ganz wohl dabei.

Bisher hatte er nur ihr Gesicht auf dem Bildschirm gesehen. Jetzt stellte er fest, daß sie über zwei Meter lang war, allerdings ziemlich dünn – sie glich eher einer fetten Schlange mit Beinen als einem Alligator oder einem Molch. Etwa in der Mitte ihres Körpers hatte sie zwei dicke, schwere Beinpaare und zwei weitere, dünnere Paare weiter oben, wo sich auch so was Ähnliches wie ein Paar Schultern befand, allerdings viel komplizierter. Das meiste von ihr steckte in einem braunen Overall, und die Teile, die herausguckten – ihr Kopf, alle acht Hände oder Füße und der Großteil ihres Schwanzes –, waren mit sehr kleinen, gelblich-bronzefarbenen Schuppen bedeckt.

»Wenn du draußen auf der Straße geparkt hast, wird Mrs. Cannock von gegenüber echt sauer sein«, hörte sich Johnny sagen. »Sie meckern schon immer über meinen Vater, wenn er seinen Wagen draußen stehen läßt. Also, ist das hier eine Halluzination oder was?«

»Natürlich ist es das«, sagte der Captain. »Ich bin mir nicht sicher, ob zwischen der Wirklichkeit und dem Spiel eine Verbindung besteht, außer in deinem Kopf.«

»Ich hab mal diesen Film gesehen, wo Raumschiffe durch kleine Wurmlöcher im All überall hingelangen konnten«, sagte Johnny. »Heißt das, daß ich ein Wurmloch in meinem *Kopf* habe?«

Der Captain zuckte die Achseln, was bei einem Wesen mit vier Armen ein ausgesprochen interessanter Anblick war.

»Sieh dir das an«, sagte sie. »Ziemlich beeindruckend. Ich schätze, das werden sie noch öfter zeigen.«

Sie deutete auf den Bildschirm.

Dort waren Sterne zu sehen und ein Punkt in weiter Ferne. Er wurde sehr schnell größer.

»Kommt mir bekannt vor«, sagte Johnny. »Es ist eins deiner Schiffe. Eins von den Modellen, denen man auf Stufe sieben begegnet, stimmt's?«

»Ich glaube, das Modell wird bald keine Rolle mehr spielen«, sagte der Captain ruhig.

Das Schiff entfernte sich von der Kamera. Trotzdem

wurden seine Antriebsdüsen auf dem Bildschirm immer größer. Anscheinend befand sich die Kamera an einer ...

»Rakete?« sagte Johnny leise.

Plötzlich war der Bildschirm leer.

Johnny dachte an die Armada der ausgestorbenen Space Invaders, die sich endlos in der frostigen Leere zwischen den unechten Sternen drehte.

»Ich will nichts davon wissen«, sagte Johnny. »Ich will nicht, daß du mir erzählst, wieviele ScreeWee an Bord waren. Ich will jetzt nicht von dir hören, was pass ...«

»Nein«, sagte der Captain. »Das habe ich auch nicht erwartet.«

»Es ist nicht meine Schuld! Ich kann nichts dafür, wie die Leute sind!«

»Natürlich nicht.«

Der Captain hatte eine gemeine Art, mit vernünftiger Stimme zu reden.

»Wir werden angegriffen«, sagte sie. »Die Menschen greifen uns an, obwohl wir uns ergeben haben.«

»Ja, aber ihr habt euch nur vor mir ergeben« sagte Johnny. »Ich bin nur *ich*. Das ist was anderes, als ob man vor einer Regierung oder so was kapituliert. Ich bin nicht wichtig.«

»Im Gegenteil«, sagte der Captain. »Du bist der Retter der Zivilisation. Du stehst allein zwischen der Welt und dem sicheren Untergang. Du bist die letzte Hoffnung.«

»Aber das ist nicht ... echt. Das sagen sie nur am Anfang des Spiels!«

»Und du hast das nicht geglaubt?«

»Hör zu, so was steht da immer am Anfang!«

»Nur du kannst die Menschheit retten?« sagte der Captain.

»Ja, aber das stimmt nicht wirklich!«

»Wenn nicht du, wer dann?«

»Jetzt hör mal«, sagte Johnny. «Ich *habe* die Menschheit gerettet. Zumindest im Spiel. Die ScreeWee greifen uns nicht mehr an. Die Leute müssen das schon stundenlang spielen, um überhaupt welche von euch zu finden.«

Der Captain lachte. Das Achselzucken war schon beeindruckend gewesen. Aber ihr Mund war einen halben Meter lang.

»Ihr Menschen seid merkwürdig«, sagte sie. »Ihr seid kriegerisch. Aber ihr macht Regeln! *Kriegsregeln*!«

»Äh, ich glaube nicht, daß wir uns immer an diese Regeln halten«, sagte Johnny.

Noch ein vierarmiges Achselzucken. »Spielt das eine Rolle? Allein die Tatsache, daß ihr solche Regeln aufstellt... Für euch ist das ganze Leben ein Spiel.«

Der Captain zog ein kleines Stück silbern schimmerndes Papier aus einer ihrer Overalltaschen.

»Eure Angreifer haben einen erheblichen Teil unserer Vorräte vernichtet«, sagte sie. »Also muß ich euch *nach euren Regeln* um folgendes bitten: fünfzehn Tonnen gepreßte Getreideauszüge mit Saccharose; zehntausend Liter kalte Rinderlaktation; fünfundzwanzig Tonnen gebakkene Getreideauszüge mit verbranntem Fleisch vom Rind und Spurenelementen, dazu geschnittene und frittierte Knollen und frittierte, mit Getreideextrakten überzogene Ringe vom Gemüse der Alliin-Familie; eine Tonne zerquetschte Senfkörner, vermischt mit Wasser und zugelassenen Zusätzen, drei Tonnen explodierte Maiskörner mit Laktizinderivaten überzogen; zehntausend Liter farbiges Wasser mit Saccharose und Spurenelementen; fünfzehn Tonnen verarbeitete und gequollene Getreideauszüge in Gemüseflüssigkeit; tausend Tonnen fermentierte Milchsäure mit Fruchtextrakten. Täglich. Danke schön.«

»Was?«

»Die Nahrung eurer Krieger«, erklärte der Captain.

»Klingt nicht nach Nahrung.«

»Du hast recht«, sagte der Captain. »Es ist entsetzlich arm an frischen Gemüsen und gefährlich reich an Kohlehydraten und gesättigten Fettsäuren. Wie auch immer, es scheint jedenfalls das zu sein, was du täglich zu dir nimmst.«

»Ich? Ich weiß ja nicht mal, was das für ein Zeug ist! Was sind gepreßte Getreideauszüge mit Saccharose?«

»Auf der Packung stand ›Cornflakes‹«, sagte der Captain.

»Fermentierte Milchsäure?«

»Du hast einen Bananenjoghurt gegessen.«

Johnnys Lippen bewegten sich, während er versuchte, aus alldem schlau zu werden.

»Das verbrannte Fleisch vom Rind und das ganze Zeug?«

»Hamburger mit Pommes frites und frittierten Zwiebelringen.«

Johnny versuchte sich aufzusetzen.

»Willst du damit sagen, daß ich runter auf die Straße muß, um Jumboburger für eine gesamte außerirdische Raumflotte zu kaufen?«

»Nicht ganz.«

»Das will ich aber auch meinen . . .«

»Mein Chefingenieur möchte einen Eimer Hühnerklumpen.«

»Was essen ScreeWee normalerweise?«

»Normalerweise ernähren wir uns von einer Art Seegras. Es enthält alle notwendigen Vitamine, Mineralien und Spurenelemente, um ein gesundes Wachstum von Schuppen und Kamm zu garantieren.«

»Warum wollt ihr dann . . .«

»Aber, wie du sagen würdest, es schmeckt . . . scheiße.«

»Oh.«

Der Captain stand auf. Es war eine schöne Bewegung. Ein ScreeWee-Körper hatte keine *Ecken,* abgesehen von den Knien und Ellbogen. Sie schien in der Lage zu sein, sich in jedwede Richtung zu biegen.

»Und jetzt muß ich zurück«, sagte sie. »Ich hoffe, daß der Angriff von niederen Bazillen auf deine Gesundheit bald vorbei ist. Ich wünschte nur, daß sich der Angriff der Menschen auf uns genauso leicht kurieren ließe.«

»Warum wehrt ihr euch nicht?« fragte Johnny. »Ich weiß, daß ihr es könnt.«

»Nein. Du irrst dich. Wir haben uns ergeben.«

»Ja, aber . . .«

»Wir werden nicht mehr auf irdische Schiffe schießen. Früher oder später muß das ein Ende haben. Wir fliehen lieber. Jemand hat uns sicheres Geleit versprochen.«

Das schlimmste war, daß sie nicht mal die Stimme hob oder ihm etwas vorwarf. Sie machte nur Feststellungen. Bedeutsame, entsetzliche Feststellungen.

»Also gut«, sagte Johnny mit schleppender Stimme. »Aber ich weiß, daß es nicht wirklich ist. Ich habe die Grippe. Man leidet manchmal unter leichten Halluzinationen, wenn man Grippe hat. Das weiß jeder. Ich erinnere mich noch dran, wie ich mal krank war und die ganzen Kuschelhasen auf der Tapete auf einmal zu tanzen anfingen. Das hier ist genauso. Aber davon kannst du eigentlich gar nichts wissen. Du existierst nur in meinem Kopf.«

»Was für einen Unterschied macht das?« sagte der Captain. Sie verschwand durch die Wand und steckte dann noch mal den Kopf in sein Zimmer.

»Denk dran«, sagte sie. »Nur du kannst die Menschheit retten.«

»Und ich hab dir gesagt, daß ich bereits . . .«

»ScreeWee ist nur die menschliche Bezeichnung für uns«, sagte sie. »Hast du dich jemals gefragt, was das ScreeWee-Wort für ScreeWee ist?«

Er mußte geschlafen haben, aber er hatte nicht geträumt. Er wachte erst am frühen Nachmittag auf.

Ein riesiger, weißglühender nuklearer Feuerball, mehrere Millionen Grad heiß, schien grell am Himmel.

Das Haus war leer. Seine Mutter hatte ein Frühstückstablett für ihn stehen lassen. Mit anderen Worten: Sie hatte eine neue Packung Cornflakes und eine Schüssel mit einem Löffel hingestellt und einen Zettel dazugelegt, auf dem stand: »Milch im Kühlschrank.« Unten auf den Zettel hatte sie noch ihre Büronummer geschrieben. Die wußte er sowieso auswendig, aber manchmal benutzte sie ihre Telefonnummer wie andere Leute ein Hansaplast.

Er öffnete die Packung und fischte darin herum. Der Außerirdische befand sich in einem hygienischen, kleinen Papiertütchen. Er war gelb und sah dem Captain tatsächlich ein bißchen ähnlich, wenn man die Augen fast zumachte.

Johnny stromerte ziellos durch die Räume. Zu dieser Tageszeit gab es nie etwas Gutes im Fernsehen. Da waren immer nur Frauen, die auf Sofas herumsaßen und mit anderen Frauen redeten. Er warf einen verstohlenen Blick aus dem Fenster auf die Straße, nur für den Fall, daß da die fünfhundert Meter langen Brennspuren eines Raketenantriebs zu sehen waren. Dann ging er wieder nach oben, setzte sich auf den Stuhl und starrte auf den stillen Computer.

Okay.

So . . . einschalten. Und da war das Spiel.

Irgendwie fühlte er sich noch schlimmer, wenn er daran dachte, daß er sich jetzt nur vor den Computer setzen mußte, um es zu spielen.

Andererseits war es hellichter Tag, und die meisten würden in der Schule oder zumindest anderweitig beschäftigt sein. Johnny war sich nicht sicher, ob die Zeit im Spiel und die wirkliche Zeit parallel liefen, aber vielleicht hörten die Angriffe auf, wenn die Kids in die Schule mußten. Aber nein, in Amerika, Australien oder sonstwo spielten sie es wahrscheinlich auch.

Und überhaupt, wenn man im Schlaf starb, wachte man auf, was also würde jetzt mit ihm passieren, wenn er starb, während er wach war?

Aber da draußen wurden ScreeWee abgeschlachtet. Oder da *drinnen*. Oder *hier* drinnen.

Es war dumm vom Captain, nicht zurückzufeuern.

Seine Hand schaltete den Computer an, ohne daß sich sein Kopf dessen wirklich bewußt war.

Der Titel leuchtete auf. Dieselbe alte Botschaft lief über den Bildschirm. Inzwischen kannte er sie auswendig. Retter der Zivilisation. Sicherer Untergang.

Nur du kannst die Menschheit retten.

Wenn nicht du, wer dann?

Er kniff die Augen zusammen. Die Botschaft verschwand über den oberen Bildschirmrand. Er konnte sich diesen letzten Satz doch nicht eingebildet haben . . . oder?

Dann tauchten dieselben alten Sterne auf.

Er berührte weder die Tasten noch den Joystick. Er war sich nicht sicher, in welche Richtung er fliegen sollte. Im Allgemeinen schien *immer geradeaus* das beste. Und das stundenlang.

Er warf einen Blick auf die Uhr. Es war kurz nach vier. Bald würden die anderen aus der Schule kommen. Sie würden sich *Cobbers* und *She'll be Apples* und *Moonee Ponds* im Fernsehen anschauen. Bigmac würde mit offenem Mund bei seinem Bruder vor der Glotze sitzen. Wobbler würde hin und wieder mal reinschauen, während er versuchte, einen weiteren armen Computerspiele-Autor um seine wohlverdienten Einkünfte zu bringen. Yoless machte immer zuerst seine Hausaufgaben, wenn er aus der Schule kam, und ließ sich von nichts ablenken, bis sie zu seiner Zufriedenheit erledigt waren. Aber alle sahen sich *Cobbers* an.

Außer Johnny. Jedenfalls heute.

Er war irgendwo stolz auf sich. Der Fernseher blieb aus. Er hatte andere Dinge zu tun.

Irgendwann während der letzten zehn Minuten hatte er eine Entscheidung getroffen. Er war sich noch nicht ganz sicher, welcher Art die Entscheidung war, aber daß er sie getroffen hatte, stand fest. Also mußte er es jetzt durchziehen. Was immer es auch war.

Er ging ins Bad und nahm das Fieberthermometer aus dem Schränkchen. Es war ein elektronisches, das seine Mutter aus einem Katalog bestellt hatte, und es zeigte auch die Zeit an. *Alles* aus dem Katalog hatte eine eingebaute Digitaluhr. Selbst der Golfschläger-Regenschirm, der sich zu einem handlichen Picknicktisch aufklappen ließ. Und das Ding, mit dem man Socken entflusen konnte.

»Schluß mit dem ständigen Problem, nicht jederzeit zu

wissen, wie spät es ist«, murmelte Johnny leise und steckte sich das Thermometer für die erforderlichen zwanzig Sekunden in den Mund.

Er hatte eine Temperatur von 16:04 Grad.

Kein Wunder, daß ihm kalt war.

Immer noch das Thermometer im Mund, ging er zurück ins Bett und betrachtete den Bildschirm.

Nach wie vor nichts als Sterne.

Die anderen hatten sich jetzt wahrscheinlich schon im Einkaufszentrum getroffen, es sei denn, Yo-less hatte es mit irgendeiner Hausaufgabe auf eine 1+ abgesehen. Sie würden wieder mal abhängen und darauf warten, daß ein weiterer Tag zu Ende ging.

Er schielte auf das Thermometer. Es zeigte 16:07 Grad an.

Und weiterhin nichts als Sterne auf dem Bildschirm . . .

Hühnerklumpen im All

Er wachte auf. Der vertraute Geruch des Raumjägers kitzelte seine Nase. Sein Blick wanderte über die Kontrollanzeigen. Inzwischen kannte er sich ein bißchen besser damit aus.

Gut so. Er war also wieder in die Wirklichkeit zurückgekehrt. Wenn er nach . . . wenn er nach . . . wenn er zurückkam, würde er sich mal mit den Ärzten über diesen merkwürdigen, ständig wiederkehrenden Traum unterhalten müssen, in dem er ein Junge in . . .

Nein! dachte er. Ich bin ich! Ich bin kein Pilot in einem Computerspiel! Wenn ich anfange, das zu glauben, werde ich *wirklich* sterben! Ich darf nicht die Kontrolle über mich selbst verlieren!

Dann bemerkte er die anderen Schiffe auf dem Bildschirm. Er war natürlich noch weit von der Flotte entfernt. Aber drei andere Schiffe flogen in einer ordentlichen Formation hinter ihm her. Sie waren größer und schwerer als seins, und sie schienen sich, sofern das im Weltall möglich war, eher dahinzuwälzen als zu fliegen.

Er drückte auf den Knopf des Kommunikationssystems. Ein plumpes Gesicht erschien auf dem Bildschirm.

»*Wobbler?*«

»*Johnny?*«

»Was machst *du* denn in meinem Kopf?«

Der Wobbler auf dem Bildschirm sah sich um.

»Tja, äh, nach diesem kleinen Schildchen, das hier am Kontrolldingsbums befestigt ist, fliege ich einen Kleintanker der Klasse drei. Wow! Sieht's in deinem Kopf immer so aus?«

»Weiß ich nicht so genau«, sagte Johnny. Neben dem Kommunikationsmonitor befand sich noch ein weiterer Knopf, auf dem »Konferenzschaltung« stand. Er konnte sich schon denken, wozu der gut war.

Und wie erwartet schob sich Wobblers Gesicht in die obere linke Ecke des Bildschirms, als er ihn drückte. Yo-less' Gesicht erschien in der gegenüberliegenden Ecke, mit Johnnys Gesicht direkt darüber. Die andere Ecke blieb leer.

Johnny drückte auf einen Knopf.

»Bigmac?« sagte er. »Yo-less?«

Bigmacs Gesicht erschien in der leeren Ecke. Er wischte sich gerade über den Mund.

»Hast wohl gerade die Ladung gecheckt, was?« sagte Johnny sarkastisch.

»Voller Hamburger!« sagte Bigmac mit der Begeisterung eines braven Mönchs, der gerade im Himmel angekommen war und herausgefunden hatte, daß alle Sünden des Fleisches erlaubt waren. »Kisten über Kisten voller Hamburger! Ich meine *Millionen*! Mit Pommes. Und ein Eimer Hühnerklumpen, steht hier.«

»Auf meinem Lieferschein steht«, sagte Yo-less, »daß ich eine Menge verarbeiteter Mais- und Weizenprodukte fliege. Soll ich mal nachsehen, was das ist?«

»Okay«, sagte Johnny. »Das bedeutet, daß du den Milchtanker fliegst, Wobbler.«

»O ja. Immer dasselbe. Bigmac bekommt die Hamburger und Wobbler die langweilige *Milch*«, murrte Wobbler.

Yo-less' Gesicht tauchte wieder auf.

»Da hinten hat's überwiegend Cornflakes«, sagte er. »In gigantischen Jumbo-Mega-Zivilisations-Packungen.«

»Dann sollte Bigmac sein Schiff besser zwischen deins und Wobblers bringen«, sagte Johnny knapp. »Wir dürfen keine Kollision riskieren.«

»Knack, knister, *bababababaBUMM!*« sagte Bigmac.

»Werden wir uns daran erinnern, wenn wir aufwachen?« fragte Wobbler.

»Wie sollten wir das?« sagte Yo-less. »*Wir* träumen schließlich nicht.«

»Okay. Okay. Äh... also werden wir uns dran erinnern, wenn *er* aufwacht?«

»Glaub ich nicht. Ich glaube, wir existieren hier nur als Projektionen seines eigenen Unterbewußtseins«, sagte Yo-less. »Er träumt uns nur.«

»Du meinst, wir sind nicht *echt*?« sagte Bigmac.

»Ich bin mir nicht mal sicher, ob *ich* echt bin«, sagte Johnny.

»Es fühlt sich aber echt an«, sagte Wobbler. »Riecht auch echt.«

»Schmeckt echt«, sagte Bigmac.

»Sieht echt aus«, sagte Yo-less. »Aber er stellt sich nur vor, daß wir hier sind. Das sind nicht wirklich wir. Nur die *wirs*, die in seinem Kopf existieren.«

Mich dürft ihr da nicht fragen, dachte Johnny. Yo-less kannte sich mit diesen Sachen immer am besten aus.

»Und ich habe gerade ausgerechnet«, sagte Yo-less, »daß wir, wenn wir die Verpackungsdeckel von jeder Packung einschicken, sechstausend Topfsets und zwanzigtausend Alben mit Fußballaufklebern kriegen, klar? Außerdem haben wir siebenundfünfzigtausendmal die Chance, einen eleganten, fünftürigen Ford Sierra zu gewinnen.«

Die drei Tanker rumpelten schwerfällig der entfernten Flotte entgegen. Johnnys Raumjäger konnte die Tanker leicht abhängen, also flog er in großen Kreisen um sie herum und beobachtete den Radarschirm.

Hin und wieder hörte er über die Funkanlage ein Klicken und Knistern aus Wobblers Tanker. Er versuchte wahrscheinlich gerade, den Bordcomputer auseinanderzunehmen, für den Fall, daß er dabei auf irgendwelche technischen Neuheiten stieß, an die sich Johnny vielleicht erinnern würde, wenn er aufwachte.

Schiffe erschienen auf dem Radarschirm. Da war der große Punkt der Flotte. Am Rand des Schirms waren die grünen Punkte der anderen Spieler zu erkennen.

Dann kam ihm etwas in den Sinn.

»Yo-less?«

»Ja?«

»Haben diese Dinger irgendein Waffensystem?«

»Äh . . . wie soll das denn aussehen?«

»Da müßte ein roter Knopf auf dem Joystick sein.«

»Bei mir ist da keiner.«

»Wie sieht's bei euch aus, Wobbler? Bigmac?«

»Nichts.«

»Welcher ist der Joystick?« fragte Bigmac.

»Das Ding, mit dem du steuerst.«

»Genau. Wisch den Senf weg und guck mal richtig hin«, sagte Yo-less.

»Nichts«, sagte Bigmac.

Unbewaffnet, dachte Johnny. Und langsam. Ein Raketentreffer, und Wobbler sitzt mitten im größten Käse des Universums. Was passiert mit den Leuten in meinem Traum?

Warum muß immer alles schiefgehen?

»Ich flieg schon mal vor«, sagte er und drückte auf den Schubknopf. Drei andere Spieler griffen die ScreeWee-Flotte an. Bald waren es nur noch zwei. Johnny hatte den einen die ganze Zeit im Visier gehabt und umflog jetzt den Rauchring der Explosion, um sich den nächsten Angreifer zu schnappen. Er war so schnell, daß er nur in geringem Abstand hinter seiner eigenen Rakete herflog.

Der Angreifer hatte es auf das Kontrollschiff abgesehen und achtete nicht auf seinen Radarschirm. Noch eine Explosion, die jetzt bereits hinter Johnny lag, während er nach dem dritten Spieler Ausschau hielt.

Johnny merkte, daß er gar nicht darüber nachdachte. Seine Augen und Hände erledigten die Arbeit von ganz allein. Er beobachtete das Ganze von innen.

Der dritte Spieler hatte die Tanker entdeckt. Er sah Johnnys Raumjäger, drehte um und schaffte es tatsächlich noch, ein paar Rakten abzufeuern.

O nein. Johnnys Kopf brummte wie eine Maschine, während er Geschwindigkeit und Entfernung einschätzte . . .

Er fühlte, wie das Schiff unter ihm ruckte, aber er hielt es ruhig, bis die Linien des Fadenkreuzes wieder zusammenliefen.

Dann preßte er den Daumen nach unten, bis ihm ein Piepton anzeigte, daß es nichts mehr gab, was er noch abfeuern konnte.

Nach einer Weile klärte sich der rote Nebel, und die Gedanken sickerten in seinen Kopf zurück. Sie bewegten sich langsam – wie Menschen, die in eine zerbombte Stadt zurückkehrten und auf der Suche nach den alten, vertrauten Dingen durch die Trümmer irrten.

Er hatte einen metallischen Geschmack im Mund. Sein Ellbogen schmerzte – er mußte beim Wenden irgendwo angestoßen sein.

Er dachte: Kein Wunder, daß wir Regeln aufstellen. Der Captain findet das merkwürdig, wir aber nicht. Wir wissen, wie wir wären, wenn wir keine Regeln hätten.

Nahe dem Kommunikationsbildschirm leuchtete ein Licht auf. Er schaltete ihn ein.

Das Gesicht des Captains tauchte auf.

»Ah, Johnny. Was für eine wirkungsvolle Technik.«

»Ja, aber ich mußte . . .«

»Natürlich, ich weiß. Und ich sehe, du hast ein paar Freunde mitgebracht.«

»Du hast gesagt, daß ihr Nahrung braucht.«

»Nötiger denn je. Der letzte Angriff war schlimm.«

»Feuert ihr denn überhaupt nicht zurück?«

»Nein. Wir haben kapituliert, falls ich dich noch mal daran erinnern darf. Abgesehen davon dürfen wir uns nicht aufhalten lassen. Zumindest ein paar von uns werden schließlich die Grenze erreichen.«

»Die Grenze?« sagte Johnny. »Ich dachte, ihr fliegt zu irgendeinem Planeten.«

»Zuerst müssen wir über die Grenze. Hinter der Grenze sind wir in Sicherheit. Nicht mal du kannst uns dorthin folgen. Wenn wir kämpfen, sterben wir alle. Wenn wir fliehen, werden einige von uns überleben.«

»Ich glaube nicht, daß Menschen so denken würden«, sagte Johnny. Er blickte aus dem Cockpit. Die Tanker kamen langsam näher.

»Ihr seid Säugetiere. Schnell und heißblütig. Wir sind Amphibien. Langsam und logisch. Einige von uns werden es schaffen. Wir vermehren uns schnell. Für uns ist es das Vernünftigste. Für mich ist es das Vernünftigste.«

Das Gesicht des Captains rutschte in eine Ecke des Bildschirms. Wobbler, Bigmac und Yo-less tauchten in den anderen drei Ecken auf.

»Das waren brillante Abschüsse«, sagte Bigmac. »Wenn ich erst mal in der Armee bin ...«

»Da ist ein Frosch auf meinem Bildschirm«, sagte Wobbler.

»Das ist ... *sie* ist der Captain«, sagte Johnny.

»Eine Frau an der Spitze?« sagte Yo-less.

»Kein Wunder, daß die Außerirdischen immer verlieren«, sagte Wobbler.

»Ihr müßtet mal den Wagen meiner Mutter sehen.«

»Äh ... sie kann euch hören, glaube ich. Benutzt bitte keine sexistischen Ausdrücke«, sagte Johnny.

Der Captain lächelte.

»Ich möchte deine Kameraden bitten, ihre willkommene Lieferung abzuladen«, sagte sie.

Nach langem Hin und Her fanden sie schließlich heraus, wie man das anstellte. Der gesamte Mittelteil der Tanker ließ sich wie ein Container herausnehmen. Kleine Scree-Wee-Schiffe, die aus nicht sehr viel mehr bestanden als aus einem Sitz, einer Pilotenkuppel und einem Motor, schoben die Container in die Laderäume der größten Schiffe. Ohne die Container waren die Tanker nur noch ein großes, leeres Trägergestell mit Cockpit und Antrieb.

Johnny sah zu, wie der Container von Yo-less' Tanker sanft durch die Ladeluke des Kontrollschiffs glitt.

»Äh ... wenn ihr, du weißt schon ... wenn ihr das Zeug aus der Verpackung kippt«, sagte Johnny, »und dabei irgendwas aus Plastik in eure Schüsseln fällt ... tja, äh, das ist nur ein Witz. Hat nichts Böses zu bedeuten.«

»Danke.«

»Wenn ihr alle Verpackungsdeckel aufhebt, könnt ihr wahrscheinlich einen Ford Sierra gewinnen« sagte Yo-less. Seine Stimme überschlug sich leicht, während er versuchte, wie jemand zu klingen, der jeden Tag mit Außerirdischen sprach. »Dann drucken sie vielleicht auch Fotos von euch im *Competitor's Journal* ab«, fügte er hinzu.

»Das wäre nicht schlecht. Ein paar von den Korridoren in diesem Schiff sind sehr lang.«

»Sei nicht blöd« sagte Bigmac. »Er . . . sie würde nie an Ersatzteile rankommen.«

»Wirklich? Na, dann nehmen wir doch lieber die sechstausend Topfsets«, sagte der Captain.

»Wie kommen wir zurück?« fragte Wobbler.

»Wie seid ihr hergekommen?«

Wobbler runzelte die Stirn.

»Wie wir hergekommen sind?« sagte er. »Gerade war ich noch . . . war ich noch . . . und dann war ich plötzlich hier. Waren *wir* hier.«

»Wo wir schon mal dabei sind«, sagte Bigmac, »wo kommen überhaupt die ganzen Hamburger und die Milch her?«

»Ist doch klar«, sagte Yo-less. »Ich hab's euch doch schon erklärt. Wir sind nicht wirklich hier. Wir sind nur Projektionen. Ich hab das in einem Buch gelesen.«

»Dann bin ich ja erleichtert« sagte Wobbler. »So was ist gut zu wissen, wenn man Milliarden Meilen von der Erde entfernt im Weltraum schwebt. Trotzdem ... wie kommen wir denn nun zurück?«

»Ich weiß nicht«, sagte Johnny. »Ich mach das normalerweise, indem ich sterbe.«

»Gibt es noch eine andere Möglichkeit?« fragte Yo-less nach einer langen, nachdenklichen Pause.

»Nicht für mich, befürchte ich. Das hier ist ein Computer-Universum. Man muß sterben, um rauszukommen«, sagte Johnny. »Ich glaube, *ihr* könnt einfach zurückfliegen. Ich bin mir nicht ganz sicher, ob *euch* was passieren würde. Ihr spielt ja nicht ... in euren Köpfen, meine ich.«

»Tja, also ...« begann Wobbler.

»Aber an eurer Stelle würde ich mich beeilen«, sagte Johnny. »Bevor noch andere Spieler auftauchen.«

»Wir würden gerne noch hierbleiben und helfen«, sagte Wobbler, »aber diese Dinger hier haben keine Waffen, verstehst du?«

Er klang besorgt.

»Ja. Dumm von mir, daß ich keine Waffen drangeträumt habe«, sagte Johnny verständnisvoll.

»Vielleicht hat Yo-less ja recht, und wir sind nur irgendwas in deinem Kopf«, sagte Wobbler. »Aber ich schätze, selbst in Träumen sterben die Leute nicht so gerne.«

»Stimmt.«

»Kommst du morgen wieder zur Schule?«

»Mal sehen.«

»Okay. Bis dann ... tschau.«

»Bis dann.«

»Und laß, laß dich nicht unterkriegen, Johnny, okay?« sagte Yo-less besorgt.

»Ich werd mir Mühe geben.«

»Genau. Mach diesen komischen Außerirdischen die Hölle heiß, mein Junge!« sagte Bigmac, während die Tanker abdrehten.

Johnny konnte sie immer noch reden hören, während sich die drei Schiffe entfernten.

»Das war ein Fo-pa, Bigmac. Johnny ist auf der Seite der Außerirdischen!«

»Was? Du meinst, die sind auf unserer Seite?«

»Nein, die sind auf ihrer eigenen Seite. Und Johnny ist auf ihrer.«

»Auf welcher Seite sind wir dann?«

»Wir sind auf seiner Seite.«

»Alles klar. Äh, Yo-less?«

»Was?«

»Wer ist dann auf *unserer* Seite?«

»Hä? Na, Johnny, nehm ich an.«

»Gibt's denn dann überhaupt jemanden auf der anderen Seite?«

Die Schiffe waren nur noch Punkte auf dem Radar und verschwanden dann am Bildschirmrand.

Wohin jetzt? Johnny hatte keine Ahnung.

Mag sein, daß ich sie hergeträumt habe oder so was. Aber ich darf das nicht noch mal tun. Vielleicht sind sie nicht wirklich hier, aber ich will meine Freunde nicht sterben sehen. Ich will überhaupt niemanden sterben sehen.

Zumindest bin *ich* auf meiner Seite.

Er suchte den Himmel ab. Nach einer Weile sagte der Captain: »*Du verläßt uns nicht?*«

»Noch nicht.«

»*Bis du stirbst, meinst du.*«

Johnny zuckte die Achseln.

»Das ist die einzige Möglichkeit, rauszukommen«, sagte er. »Kämpf, bis du stirbst. So ist das mit allen Spielen. Man kann nur hoffen, daß man jedesmal ein Stückchen weiterkommt.«

Auf dem Radar tauchten keine weiteren Angreifer auf. Die Flotte sah so aus, als würde sie sich überhaupt nicht bewegen, aber in Wirklichkeit hatte sie in ganz schönes Tempo entwickelt. Mit jeder Sekunde entfernten sie sich weiter aus dem Computer-All. Und das bedeutete, daß mit jeder Sekunde immer weniger Spieler die Geduld oder Entschlossenheit hatten, nach ihnen zu suchen.

Er ließ ein bißchen von der fürchterlich nahrhaften Suppe in einen Becher laufen.

»*Johnny?*«

»Ja?«

»*Ich glaube, ich habe dich neulich sehr verletzt, als ich meinte, die Menschen seien blutrünstig und gefährlich.*«

»Äh . . . ja , ein bißchen.«

»*Wenn das so ist... möchte ich sagen... daß ich dir dankbar bin.*«

»Das verstehe ich nicht.«

»*Dankbar, daß du auf unserer Seite bist.*«

»Aber *ich* bin nicht blutrünstig.«

»Dann muß vorhin wohl ein anderer dein Schiff geflogen haben, was?«

»Nein. Es ist schwer, dir das zu erklären«, sagte Johnny. Vor allen Dingen müßte er erst mal in der Lage sein, es sich selbst zu erklären.

»Soll ich ein weniger beunruhigendes Gesprächsthema wählen?«

»Nicht nötig«, sagte Johnny. »Ich meine, du bist der Captain. Du hast bestimmt eine Menge zu tun.«

»Oh, Raumschiffe fliegen von ganz alleine«, sagte der Captain. *»Sie fliegen immer weiter, bis sie irgendwo gegenstoßen. Da gibt's nicht viel zu tun. Die Verwundeten versorgen und so. Aber ich habe selten die Möglichkeit, mich mit einem Menschen zu unterhalten. Also ... was bedeutet sexistisch?«*

»Was?«

»Ein Wort, das du vorhin benutzt hast.«

»Oh, *das*. Das bedeutet lediglich, daß man Leute wie Leute behandeln soll und daß man nicht davon ausgehen darf, daß Mädchen nichts draufhaben. Wir haben in der Schule drüber gesprochen. Es gibt eine Menge Dinge, von denen Mädchen keine Ahnung haben, aber man muß so tun, als hätten sie's, damit sie's am Ende tatsächlich lernen. Das ist alles, wirklich.«

»Angenommen, es gibt Dinge, von denen Jungs keine Ahnung haben?«

»Oh, sicher. Aber das ist Weiberkram«, sagte Johnny.

»Wie auch immer, manche Mädchen werden jedenfalls Ingenieure und so was, damit sie was Richtiges machen können, wenn sie wollen.«

»Die Grenzen ihres Geschlechts überschreiten. Es besser machen wollen als das andere Geschlecht. O ja, das haben wir bei uns auch. Einige Individuen legen einen ehrfurchtgebietenden Ehrgeiz an den Tag, um auf einem Gebiet Karriere zu machen, das traditionsgemäß dem anderen Geschlecht vorbehalten ist.«

»Du meinst, jemand wie du«, sagte Johnny.

»Ich meinte eigentlich den Artillerieoffizier.«

»Aber er ist ein Mann – ich meine, er ist männlich.«

Genau. Normalerweise sind die ScreeWee-Krieger weiblich. Sie sind eher geneigt zu kämpfen. Unsere Vorfahren mußten kämpfen, um ihre Brutstätten zu verteidigen. Männliche ScreeWee sind keine Kämpfer. Aber in seinem Fall …«

Ein Punkt erschien auf dem Radar.

Johnny stellte seinen Becher ab und beobachtete ihn.

Normalerweise näherten sich die Spieler sofort der Flotte. Dieser tat es nicht. Er blieb am Rand des Radarschirms und hielt die gleiche Geschwindigkeit wie die Flotte.

Nach einer Weile tauchte ein zweiter Punkt aus derselben Richtung auf, und er kam direkt auf sie zu.

Zumindest sah dieser hier wie ein ganz gewöhnlicher Spieler aus.

Johnny kam eine scheußliche Gleichung in den Sinn. Sie

drehte sich um Raketen. In *Nur du kannst die Menschheit retten* hatte man für jede Stufe sechs Raketen zur Verfügung. Wenn man die erst mal verschossen hatte, war Schluß. Je länger man also überlebte, um so weniger Waffen hatte man. Aber jeder angreifende Spieler hatte noch alle sechs. Er hatte nur noch vier. Wenn die verschossen waren, hatte er nur noch die Laserkanonen. Und dann reichte ein gut plazierter Raketentreffer, um ihn in die Luft zu jagen. Die Niederlage war bereits mit einkalkuliert.

Der Angreifer näherte sich. Doch Johnnys Blick wanderte immer wieder zu dem Punkt am Rande des Bildschirms. Irgendwie hatte er etwas Wachsames, wie ein Hai, der einer undichten Luftmatratze folgte.

Er knipste das Kommunikationssystem an.

»Angreifendes Schiff! Angreifendes Schiff! Sofort stoppen!«

Sie können nicht sprechen, dachte Johnny. Das sind nur Spieler, sie sind nicht wirklich *im Spiel drin*. Sie können nicht sprechen, und sie können nicht hören.

Ihm wurde bewußt, daß er automatisch eine Rakete auf den herannahenden Punkt ausrichtete. Doch das konnte nicht die einzige Möglichkeit sein. Früher oder später würde man miteinander reden müssen, und wenn es nur deshalb war, weil man nichts mehr zum Schießen hatte.

Der Angreifer feuerte eine Rakete ab. Sie zischte an Johnny vorbei ins Leere.

Nicht echt, dachte Johnny. Du mußt dir vorstellen, daß sie nicht echt sind, sonst kannst du es nicht tun.

»Angreifendes Schiff! Das ist deine letzte Chance! Ich meins's *ernst*!«

Er drückte auf den Knopf. Das Schiff ruckte leicht, als die Rakete abgefeuert wurde. Der Angreifer flog schnell. Die Rakete auch. Sie trafen sich und verschmolzen zu einer gigantischen roten Wolke. Sie hüllte Johnnys Raumjäger ein wie ein Ring aus Rauch.

Irgendwo würde irgend jemand blinzelnd auf seinen Bildschirm starren und wahrscheinlich laut fluchen. Das hoffte er zumindest.

Der andere Punkt hielt sich immer noch am Rand des Bildschirms. Es ärgerte Johnny – wie ein Jucken an einer Stelle, wo man sich nicht kratzen konnte. Denn das war nicht die vorgesehene Art und Weise, wie man ein Spiel machte. Man entdeckte ein paar Außerirdische und griff sie an. So sollte das Spiel *eigentlich* funktionieren.

Daß da einer in sicherer Entfernung lauerte und beobachtete, machte ihn ganz kribbelig. So etwas machten nur Leute, die es . . . na ja . . . . . . sehr ernst nahmen.

Der Captain saß hinter ihrem Schreibtisch und beobachtete den großen Bildschirm. Sie kaute. Alles war besser als Seegras, selbst – sie warf einen Blick auf die Packung – zuckerglasierte Corn-Pops mit Rinderlaktation. Süß und knusprig, aber mit komischen harten Stücken drin . . .

Sie schob sich eine Klaue in den Mund und stocherte zwischen ihren Zähnen herum, bis sie das störende Objekt gefunden hatte.

Sie nahm es heraus und sah es sich an.

Es war grün und hatte vier Arme, von denen fast alle eine Waffe hielten. Wieder fragte sie sich, was das für Dinger waren. Der Sanitätsoffizier vermutete, daß es sich dabei um eine Art Schädling handelte, der sich in Nahrungsmitteln breitmachte. Unter den Besatzungsmitgliedern gab es noch eine andere Theorie, derzufolge die Dinger etwas mit Religion zu tun hatten. Opfergaben an die Nahrungsgötter vielleicht?

Sie legte das Ding behutsam auf die eine Seite ihres Schreibtisches. Im richtigen Licht hatte es ein bißchen Ähnlichkeit mit dem Artillerieoffizier, dachte sie.

Dann öffnete sie den kleinen Käfig neben der Schüssel und ließ die Vögel heraus.

Unter den entfernten Vorfahren der ScreeWee hatte es alligatorenähnliche Wesen gegeben, und einige Gewohnheiten waren bis heute erhalten geblieben. Sie riß den Mund so weit auf, daß es einem Menschen die Tränen in die Augen getrieben hätte.

Die Vögel hüpften hinein und fingen an, ihre Zähne zu säubern. Einer der Vögel fand eine kleine Laserwaffe aus Plastik.

Das andere Schiff bewegte sich. Während es nach wie vor große Distanz hielt, umflog es die Flotte in weiten Kreisen. Es hatte beobachtet, wie sich ein weiterer Angreifer der Flotte genähert hatte. Johnny hatte ihn mit einer Rakete und einigen Schüssen erledigt, obwohl ihm ein blinkendes rotes Licht am Kontrollpult anzeigte, daß irgendwo irgend etwas nicht mehr funktionierte. Wahrscheinlich wieder diese Sekundärpumpen.

Er merkte, daß er sein Schiff fortwährend drehte, um den entfernten Punkt immer vor sich zu haben.

»Johnny?«

Es war der Captain.

»Ja. Siehst du es auch?«

»Ja. Es bewegt sich zwischen uns und der Grenze. Es liegt jetzt direkt in unserer Flugrichtung.«

»Ihr könnt es nicht irgendwie umfliegen?«

»Wir haben mehr als dreihundert Schiffe in unserer Flotte. Das dürfte schwierig werden.«

»Es scheint auf irgend etwas zu warten. Ich ... ich werde mal einen näheren Blick riskieren.«

Er überholte die Flotte und flog auf den entfernten Punkt zu.

Der andere machte keine Anstalten, ihm auszuweichen.

Es war ein Raumjäger wie sein eigener. In der Tat, auf irgendeine Art und Weise ... *war* es sein Raumjäger. Schließlich gab es nur einen Raumjäger im ganzen Spiel, nämlich den, den man flog, um die Menschheit zu retten. Jeder flog denselben ... irgendwie.

Er hing zwischen den Sternen, so leblos wie ein Space Invader. Johnny flog noch näher, bis er das Cockpit und sogar den Umriß eines Kopfes erkennen konnte. Er trug einen Helm. Jeder trug einen Helm – das war auf der Spielverpackung so abgebildet. Johnny hatte keine Ahnung warum. Vielleicht dachten die Hersteller, daß man herausfallen konnte, wenn man um die Ecken bog.

Er probierte es noch einmal mit dem Funksystem.

»Hallo? Kannst du mich hören?«

Da war nichts außer dem Hintergrundrauschen des Universums.

»Ich bin mir ziemlich sicher, daß du mich hören kannst. Ich hab so ein Gefühl.«

Der winzige Klecks des Helms drehte sich in seine Richtung. Durch das getönte Visier des Helms konnte er kein Gesicht erkennen, aber er wußte, daß er angestarrt wurde.

»Worauf wartest du?« sagte Johnny. »Hör zu, ich weiß, daß du mich hören kannst, und ich will nicht gezwungen sein, dich ...«

Das andere Schiff erwachte zum Leben und schnellte auf zwei blauen Lichtspuren der Flotte entgegen.

Johnny fluchte in sich hinein und ließ seine eigenen Antriebsdüsen aufheulen. Er hatte keine Chance, den Angreifer zu überholen. Er hatte einen Vorsprung, und Spitzengeschwindigkeit war nun mal Spitzengeschwindigkeit.

Er lag genau außerhalb seiner Reichweite, und es blieb ihm nichts anderes übrig, als hinter ihm herzujagen.

Vor sich sah er, wie einige der größeren Schiffe der Flotte in schwerfälligen Manövern aus dem Weg glitten. Von vorn betrachtet sah es aus, als öffneten sich die Blütenblätter einer Blume.

Der Angreifer schoß auf die Mitte der Flotte zu. Dann

feuerte er sechs Raketen ab, eine nach der anderen. Eine Sekunde später explodierten zwei der kleinen ScreeWee-Jäger, und eines der größeren Schiffe drehte sich unter der Wucht des Einschlags.

Der Angreifer hatte es bereits auf den nächsten Jäger abgesehen. Johnny mußte zugeben, daß es sich um einen phantastischen Piloten handelte. Es war ihm vorher nie aufgefallen, wie schlecht die meisten Spieler flogen. Sie flogen wie Leute, die eben nur auf dem Boden lebten – von rechts nach links, von oben nach unten, hölzern. Tatsächlich so, als ob sie lediglich etwas auf einem Bildschirm bewegten.

Aber dieser Angreifer drehte sich wie eine Schwalbe im Flug. Und jede Drehung brachte ein weiteres ScreeWee-Schiff unter seinen Beschuß. Selbst wenn sie zurückgefeuert hätten, hätten sie ihn nicht getroffen, außer vielleicht durch Zufall. Er *tanzte* Pirouetten.

Das Gesicht des Captains erschien auf dem Bildschirm. *»Du mußt Schluß machen!«*

»Ich versuch's ja! Ich versuch's ja! Ich tu ja alles, was ich tun kann.«

Der Angreifer drehte um. Johnny hätte nie gedacht, daß ein Raumjäger schlittern konnte, aber dieser hier tat es. Er hielt nur einen Moment lang inne, während er durch den Schub seiner Düsen verlangsamt wurde, dann schnellte er in die Richtung, aus der er gekommen war.

Direkt auf Johnny zu.

»*Stop*!« brüllte er. Seine Rakete war abschußbereit.

Warum sollte er sich überhaupt noch die Mühe machen, zu brüllen? Die Spieler konnten ihn nicht hören, sie sahen das Spiel nur auf dem Bildschirm . . .

»Wer bist du?«

Die Stimme klang sehr klar und sehr menschlich. Der Captain klang immer, als hätte sie die Sprache aus einem Buch gelernt, aber diese Sprache klang wie eine, die jemand benutzte, seit er ungefähr ein Jahr alt war.

»Du kannst mich also doch hören!«

»Aus dem Weg, *Dummkopf*!«

Die beiden Piloten starrten sich aus einer Entfernung an, die sehr, sehr schnell immer kleiner wurde.

Ich habe sie schon mal irgendwo gehört, dachte Johnny. Diese Stimme. Man konnte die Satzzeichen regelrecht hören . . .

Sie prallten nicht ineinander – nicht direkt. Da war ein knirschendes Geräusch, als jeder Raumjäger der Länge nach die Seite des anderen streifte, und sie sich gegenseitig die Tanks aufschlitzten, bevor beide wie betrunken ins Leere torkelten.

Das Kontrollpult vor Johnny war nur noch ein Spektakel aus blinkenden roten Lichtern. Die Cockpitscheiben zerbarsten.

»Idiot!« brüllte es aus dem Lautsprecher.

»Ist schon gut«, sagte Johnny schnell. »Du wachst einfach auf und . . .«

Sein Schiff explodierte.

Der dunkle Turm

Nach dem Thermometer war es 16:34. Die Zeit war etwas anderes im Spiel.

Egal, wie oft man starb, man gewöhnte sich nie daran. Das war nichts, worin man mit ein bißchen Übung immer besser wurde . . .

Sie hatte ihn gehört. Im Spiel.

Er setzte sich auf.

Die ScreeWee waren im Spiel, weil es ihre Welt war. Wobbler und die anderen waren nicht wirklich drin gewesen; er war sich ziemlich sicher, daß er sie nur geträumt hatte, weil jemand die Tanker fliegen mußte.

Aber er hatte sie in Patels Laden gehört. Diese Stimme, die ziemlich deutlich machte, daß ihre Besitzerin alle anderen für unterbelichtet hielt. Deshalb mußte man mit ihnen sprechen wie mit Babys oder Ausländern.

Der Bildschirm zeigte einen leeren Weltraum.

Er mußte sie finden. Niemand, der so flog, durfte auch nur in die Nähe der ScreeWee gelangen.

Wobbler wußte wahrscheinlich, wer sie war.

Er merkte, daß sich der Raum um ihn drehte, als er aufstand.

Offensichtlich war er wirklich ziemlich krank, dachte er. Tja, kein Wunder bei all dem, was sich im Moment abspielte. Schwere Zeiten, die blöde Schule, Eltern, die versuchten, Freunde zu sein, und jetzt mußte er auch noch eine gesamte außerirdische Rasse retten, anstatt sich richtig ausschlafen zu können.

Er schleppte sich nach unten in den Flur, nahm das kabellose Telefon von der Anschlußbox und trug es nach oben. Er hatte gerade die Antenne herausgezogen, als es klingelte.

»Äh, hallo ... Blackbury-zwei-drei-neun-acht-null. Wer spricht da bitte?«

»Bist du's? Ich bin's.«

»Oh. Hallo, Wobbler.«

»Bist du krank oder was?«

»Grippe. Hör zu, Wobbler ...«

»Hast du schon gesehen, was heute in den Zeitungen steht?«

»Nein. Mum und Dad nehmen die Zeitung immer mit zur Arbeit. Wobbler ...«

»Da steht was über Gobi Software drin. Moment mal ... hier steht: ›KEINE BEGEGNUNGEN DER EINUNDZWANZIGSTEN ART‹. Das ist die Schlagzeile.«

Johnny zögerte.

»Was schreiben sie?« fragte er vorsichtig.

»Was heißt ›Inundation‹?«

»So was wie ›Flut‹ oder ›Überschwemmung‹«, sagte Johnny.

»Hier steht, daß Gobi Software und verschiedene Vertreiber von Computerspielen einer wahren . . . Inundation von Beschwerden gegenüberstehen, die das Computerspiel *Nur du kannst die Menschheit retten* betreffen. Weil sie einem fünf Pfund versprochen haben, wenn man alle Außerirdischen abschießt, und sie schreiben, daß die Leute gar keine Außerirdischen finden. Und Gobi Software bekommt jetzt Ärger wegen dem Gesetz über die korrekte Beschreibung von Waren. Und sie benutzen immer wieder das Wort *Hacker*«, sagte Wobbler mit dem verächtlichen Ton eines Menschen, der wußte, was ein Hacker wirklich war, und der auch wußte, daß es die meisten Journalisten *nicht* wußten. »Und sie zitieren Al Rampa, den Präsident der Gobi Software. Er sagt, daß sie alle Spiele wieder vom Markt nehmen. Und wenn man seine Originaldiskette einschickt, bekommt man einen Gutschein für ihr neues Spiel, *Dodge City 1888*. Das Spiel hat im *FaasssAAAP!*-Magazin vier Sterne gekriegt.«

»Ja, aber du hast nicht die Originaldiskette«, sagte Johnny. »Du hast fast nie eine Originaldiskette.«

»Nein, aber ich kenne den Typ, dessen Bruder sie gekauft hat«, sagte Wobbler fröhlich. »Also war das Ganze nur ein Fehler im Spiel, was? Und du bist am Ende doch nicht verrückt.«

»Ich hab nie gesagt, daß ich verrückt bin«, sagte Johnny.

»Nein, aber . . . na ja, du weißt schon«, sagte Wobbler. Er klang ein bißchen verlegen.

»Wobbler?«

»Ja?«

»Kennst du das Mädchen, das neulich in Patels Laden war?«

»Ach, die. Was ist mit ihr?«

»Weißt du, wie sie heißt?«

»Sie ist die Schwester von irgend jemandem, glaub ich.«

»Von wem?«

»Die geht auf irgend so 'ne besondere Schule für unheilbar Intelligente. Sie heißt Kylie oder Krystal, jedenfalls ist es einer von diesen erfundenen Namen. Warum willst du das wissen?«

»Ach, nichts Wichtiges. Interessiert mich wahrscheinlich nur, weil sie sich bei Patel über das Spiel beschwert hat. Wessen Schwester ist sie?«

»So ein Typ namens ... äh ... Plonker. Genau. Ein Freund von Bigmac. Sicher, daß bei dir alles in Ordnung ist?«

»Klar. Alles okay. Bis dann.«

»Bis dann. Bist du morgen zu Hause?«

»Denke schon.«

»Bis dann.«

»Bis dann.«

Bigmac kam nicht ans Telefon. Wo Bigmac wohnte, bekamen die Leute kaum noch Post. Selbst Ganoven hatten Schiß, sich dort aufzuhalten. Leute sprachen von der Joshua-N'Clement-Siedlung, wie sie früher wahrscheinlich von der Schwarzen Hölle von Kalkutta oder vom Wartezimmer der Spanischen Inquisition gesprochen hatten.

Der freistehende Wohnturm zeichnete sich einsam und schwarz vor dem Himmel ab wie der letzte Zahn in einem Mund.

Viel mehr gab es da nicht. Im Erdgeschoß befand sich eine Reihe verbarrikadierter Läden, und man konnte noch sehen, wo es gebrannt hatte. Dann war da noch ein Pub mit Neonlichtern und roten Ziegelwänden. Der Pub hieß *The Jolly Farmer.*

Der Turm hatte 1965 einen Preis gewonnen, kurz bevor einzelne Teile allmählich abzubröckeln begannen. Es war immer windig dort. Selbst an den windstillen Tagen pfiffen eisige Sturmböen durch die Betongänge. Der Ort war eine Art Windreservat. Hätte es den Joshua-N'Clement-Turm schon vor tausend Jahren gegeben, wären die Leute aus dem ganzen Land dort hingepilgert, um dem Windgott zu huldigen. Johnnys Vater nannte die Siedlung Rottweiler Hights. Johnny konnte die Biester jetzt bellen hören, als er die Treppen hinaufstieg (die Fahrstühle funktionierten schon seit 1966 nicht mehr). Alle Bewohner schienen Angst zu haben, und zum Großteil war es die Angst voreinander.

Bigmac wohnte im vierzehnten Stock mit seinem Bruder und dessen Freundin und einem Pitbull Terrier namens Clint. Zuverlässige Quellen behaupteten, daß Bigmacs Bruder seinen Lebensunterhalt durch den ziemlich informellen Vertrieb von Videorecordern bestritt.

Johnny klopfte ganz sachte an, in der Hoffnung, sein Klopfen sei laut genug, um von den Leuten gehört, und leise genug, um von Clint überhört zu werden. Doch er hatte kein Glück. Hinter der Tür brach ein Höllenlärm los.

Nach einer Weile hörte er das Klicken der Kette, und die Tür wurde ein paar Zentimeter weit geöffnet. Ein argwöhnisches Auge erschien auf der Höhe, wo man ein Auge erwarten würde, wobei einen Meter tiefer ein gewisses Ausmaß an Verwirrung zu herrschen schien, während Clint versuchte, beide Augen und seine Zähne durch den schmalen Spalt zu schieben.

»Ja?«

»Ist Bigmac da?«

»Weiß nich.«

Johnny wußte Bescheid. In der Wohnung gab es nur vier Zimmer. Bigmacs Familie war riesig und lebte über die ganze Stadt verteilt, und so gut wie kein Familienmitglied wußte, wo sich ein anderes gerade aufhielt, bis es ganz sicher war, um wen es sich bei dem Besucher handelte.

»Ich bin's, Johnny Maxwell, aus der Schule.«

Clint versuchte seinen fünfzehn Zentimeter breiten Kopf durch den fünf Zentimeter breiten Spalt zu quetschen.

»Ach, ja?« Johnny spürte, wie er genauestens inspiziert wurde. »Der is unten im Pub. Yeah.«

»Oh, tschau«, sagte Johnny mit einer Stimme, von der er hoffte, daß sie einigermaßen normal klang. »Ich mein, yeah.«

Bigmac war dreizehn. Aber der Besitzer vom *Jolly Farmer* stand in dem Ruf, an jeden auszuschenken, der nicht gerade auf einem Dreirad hereinkam.

Sein Rückweg führte ihn sowieso am Pub vorbei. Er quälte sich ein bißchen mit dem Gedanken, ob er den Laden tatsächlich betreten sollte. Für Bigmac war es okay. Bigmac sah schon wie siebzehn aus, als er geboren wurde. Aber dann stellte sich heraus, daß seine Bedenken überflüssig waren, denn Bigmac lehnte draußen vor dem Pub an der Kühlerhaube eines Wagens. Er hatte ein paar Freunde bei sich. Sie musterten Johnny mit argwöhnischen Augen, während er sich näherte, und der eine, der gerade noch ganz nonchalant an dem Türgriff des Wagens herumgefummelt hatte, richtete sich auf und starrte ihn wütend an.

Johnny versuchte, einen lässigeren Gang einzuschlagen.

»Yeah, Johnny«, sagte Bigmac auf eine ziemlich unverbindliche Art.

Hier ist er anders, dachte Johnny. Älter und härter.

Die anderen Jungs entkrampften sich ein bißchen. Bigmac kannte Johnny. Das machte ihn akzeptabel, zumindest für kurze Zeit.

»Ich seh dich nicht oft hier oben«, sagte Bigmac. »Was'n los?«

»Ich suche Plonker«, sagte Johnny. »Wobbler hat gesagt, daß du ihn kennst.«

»Was willst du von ihm?« sagte Bigmac.

An der Schulmauer oder im Einkaufszentrum hätte Bigmac nicht mal gefragt. Aber hier herrschten andere Regeln. In der Schule mußte Bigmac zum Beispiel verbergen, wie gut er mit Zahlen umgehen konnte, und hier verdeckte er seine Fähigkeit, ein normales Gespräch zu führen.

Johnny sah einen Ausweg.

»Eigentlich suche ich seine Schwester«, sagte er.

Einer von Bigmacs Freunden kicherte.

Bigmac nahm Johnnys Arm und führte ihn ein Stück weiter weg.

»Weswegen bist du hergekommen?« wollte er wissen. »Du hättest mich auch morgen fragen können.«

»Es ist . . . sehr wichtig.«

»Bigmac! Kommst du oder was?«

Bigmac blickte über seine Schulter.

»Kann nicht«, sagte er. »Muß mich um was anderes kümmern.«

Einer von den Jungs sagte etwas zu dem anderen, und beide fingen an zu lachen. Dann stiegen sie in den Wagen. Nach einer Weile heulte der Motor auf, und der Wagen rumpelte die Bordsteinkante hinauf und wieder hinunter, bevor er mit einem Affenzahn in der Dunkelheit verschwand. Sie hörten die Reifen quietschen, als sie um die Ecke bogen.

Bigmac entspannte sich. Plötzlich war er gar nicht mehr so hart, eher fast schon wieder der liebenswerte Beinahe-Trottel, den Johnny so gut kannte.

»Wolltest du nicht mit denen mitfahren?« fragte Johnny.

»Mann, du bist 'ne echte Lusche«, sagte Bigmac in einem halbwegs freundlichen Ton.

»Wobbler sagt, daß man jetzt Pfeife sagen muß, nicht mehr Lusche«, sagte Johnny.

»Ich sag normalerweise Schwachkopf. Komm, wir gehen«, sagte Bigmac. »Weil hier wahrscheinlich bald ein paar sehr unfröhliche Leute auftauchen werden. Selbst schuld, wenn sie den Wagen *hier* parken.«

»Was?«

»Pfeife. Du hast keine Ahnung vom wirklichen Leben.«

»Alles Spiele«, sagte Johnny halb zu sich selbst. »Von der unterschiedlichsten Sorte. Bigmac?«

Irgendwo in der Ferne ertönte eine Autohupe, deren eindringliches Heulen plötzlich abgeschnitten wurde. Bigmac blieb stehen. Der Wind wehte sein T-Shirt gegen seinen Körper, so daß das Wort »Terminator« übergroß auf seiner Brust prangte, die aussah wie ein Toastständer.

»Was?« sagte er.

»Hast du dir eigentlich jemals Gedanken drüber gemacht, was wirklich ist und was nicht?«

»Verdammt blöd, sich über so was Gedanken zu machen«, sagte Bigmac.

»Warum?«

»Was wirklich ist, ist wirklich, und alles andere ist es nicht.«

»Was ist mit . . . na ja . . . mit Träumen zum Beispiel?«

»Neee. Die sind nicht wirklich.«

»*Irgendwas* müssen sie aber sein. Sonst könnte man sie nicht haben, stimmt's?« sagte Johnny leicht verzweifelt.

»Ja, aber das ist nicht dasselbe wie *wirklich.*«

»Sind Leute im Fernsehen wirklich?«

»Natürlich!«

»Warum behandeln wir sie dann wie Spielfiguren?«

»Du meinst . . . in den Nachrichten –«

»Klar!«

»Was auch immer. Computerspiele sind jedenfalls nicht wirklich«, sagte Bigmac. Er spähte immer wieder die dunkle Straße hinunter.

Johnny fühlte sich ein bißchen lockerer.

»Bist du wirklich?«

»Weiß nich. Fühlt sich wirklich an. Ist sowieso alles Mist.«

»Was?«

»Na, alles. Wen kümmert's schon? Komm, ich will nach Hause.«

Sie schlenderten an einem Grundstück vorbei, das sie 1965 zur öffentlichen Grünanlage erklärt hatten und das jetzt nur noch ein hundeverseuchtes Stück Brachland war, auf dem Einkaufswagen ihre letzte Ruhe fanden.

»Plonker hat ein bißchen was von 'nem Wahnsinnigen«, sagte Bigmac. »Markiert manchmal den wilden Mann. Er ist ein bißchen verrückt. Lebt aber in 'nem großen, vornehmen Haus.«

»Wo?«

»Oh, in der Tyne Avenue oder Crescent oder so«, sagte Bigmac.

Ein blaues Licht erhellte einen Moment lang sein Gesicht, als ein Streifenwagen mit heulender Sirene am Ende der Straße vorbeiraste.

Bigmac blieb wie angewurzelt stehen.

»Wie heißt er wirklich?« fragte Johnny.

»Hä? Ach so, Garry, glaub ich.«

Bigmac starrte zum Ende der Straße. Das Blaulicht war immer noch sichtbar. Der Streifenwagen hatte ungefähr eine halbe Meile weiter angehalten; das Licht wurde von einer Plakatwand reflektiert.

»Einfach nur Garry?« fragte Johnny.

Bigmacs Gesicht glänzte feucht unter der Straßenlaterne. Johnny sah, daß er schwitzte.

»Ich glaub, daß er Dunn mit Nachnamen heißt«, sagte Bigmac. Er trat unruhig von einem Fuß auf den anderen.

Eine zweite Sirene heulte durch die Nacht. Ein Krankenwagen fuhr auf der Hauptstraße vorbei, fast geisterhaft unter seinem aufblitzenden Licht.

»Hör zu, Bigmac . . .«

»Verpiß dich!«

Bigmac drehte sich um und rannte; seine Doc Martens knirschten über den Asphalt. Johnny sah ihm hinterher. Er dachte an all die Dinge, die er hätte sagen wollen. Er war nicht dumm. Jeder wußte, was mit Wagen passierte, die am dunklen Turm abgestellt wurden. Was konnte er jetzt noch sagen?

Und sein Körper dachte: Du sagst gar nichts. Du *tust* was. Dann rannte er von ganz alleine hinter seinem Freund her und riß sein Gehirn mit sich.

Trotz eines Schlafzimmers voller Trainingsgeräte, die für die Polizei von ziemlichem Interesse gewesen wären, hätte sie sich auch nur einigermaßen ernsthaft um den jüngsten Einbruch im Sportzentrum gekümmert, war Bigmacs Kondition nicht die beste. Er war ohne Kondition *geboren* worden. Johnny holte ihn an der Ecke ein.

»Hab dir gesagt... du sollst dich... verpissen! Hat nichts... mit dir... zu tun!« schnaufte Bigmac, während sie auf die entfernten Lichter zurannten.

»Die haben einen Unfall gebaut.«

»Nozzer ist ein guter Fahrer!«

»Ach ja? Gut im Schnellfahren?«

Eine Menschenmenge hatte sich weiter unten an der Ampel versammelt. Während sie rannten, wurden sie von einem zweiten Krankenwagen überholt, der ein Stück weiter abrupt anhielt. Die Menge teilte sich. Johnny erhaschte einen kurzen Blick auf das... na ja, Auto konnte man das nicht mehr nennen... auf das, was von einem Auto übrigblieb, nachdem es versucht hatte, einem Betonlaster den Platz streitig zu machen. Er wußte, daß es ein Betonmischer war, weil einer den Bordstein hochgefahren und umgekippt war. Seine Ladung wurde allmählich zum größten Ziegel der Welt.

Aus der Ferne näherte sich heulend die Feuerwehr.

Er griff nach Bigmacs Arm und riß ihn herum.

»Ich glaube nicht, daß du das sehen willst«, sagte er.

Bigmac riß sich los, während die Polizei gerade dabei war, die eingedrückte Wagentür aufzustemmen.

Bigmac starrte.

Dann drehte er sich um, torkelte zu der niedrigen Gartenmauer am Straßenrand und übergab sich.

Als Johnny zu ihm kam, zitterte Bigmac vor Kälte und Schock am ganzen Körper.

»Scheiße, Mann! Ich hätte da drinsitzen können. Du ...«

Bigmac würgte wieder und kotzte Arnold Schwarzenegger von oben bis unten voll. Johnny zog seine Jacke aus und legte sie Bigmac um die zitternden Schultern.

»Sie haben mich immer wieder gelöchert. Ich hab ihnen gesagt ...«

»Ja, ja. Schon gut«, sagte Johnny, während er sich umsah. »Hör zu, du bleibst hier ... da drüben ist ein Telefon. Du bleibst einfach hier, okay? Du ...«

»*Geh jetzt nicht weg!*«

»Was? Oh, okay. Na, dann komm ...«

Klick!

»Hallo, hier ...«

»Yo-less? Hier ist Johnny.«

»Ja?«

»Ist deine Mutter heute abend im Krankenhaus?«

»Nein, die arbeitet diese Woche Frühschicht. Warum?«

»Kannst du sie dazu bringen, daß sie mit ihrem Wagen zur Witheridge Road kommt?«

»Was ist los? Du klingst, als ob du . . .«

»Spar's dir! Sieh zu, daß sie herkommt, okay? Bitte! Es ist wegen Bigmac!«

»Was ist mit ihm?«

»Yo-less! Es ist *dringend!* Es ist *echt dringend*!«

»Du weißt, wie sie ist, wenn ich . . .«

»*Yo-less*!«

»Oh, okay. He, ist das eine Sirene?«

»Wir sind in einer Telefonzelle. Sieh zu, daß sie eine Decke mitbringt oder so was. Und beeil dich, hier drinnen stinkt's wie die Pest.«

»Das war eine Sirene, oder?«

»Ja.«

Er legte den Hörer auf.

Bigmac mußte sich nicht mehr übergeben. Er hatte auch gar nichts mehr, womit er sich hätte übergeben können. Er lehnte nur an der Tür und zitterte.

»Sie wird gleich da sein«, sagte Johnny so fröhlich, wie er nur konnte. »Sie ist Krankenschwester. Sie kennt sich mit so was aus.«

Draußen fuhr einer der Krankenwagen weg. Die Feuerwehrmänner wimmelten um das Autowrack herum. Einige von ihnen holten Geräte vom Feuerwehrwagen.

Bigmac starrte auf das Geschehen.

»Wahrscheinlich sind sie okay«, log Johnny. »Es ist verblüffend, was manche Leute . . .«

»Johnny?«

»Was?«

»Keiner, der so aussieht, ist okay«, sagte Bigmac mit monotoner Stimme. »Da war überall Blut.«

»Na ja . . .«

»Mein Bruder bringt mich um, wenn er das erfährt. Er hat gesagt, daß er mich aus dem Fenster wirft, wenn meinetwegen noch mal die Bullen vor der Tür stehen. Der bringt mich um, wenn er das rausfindet.«

»Dann erfährt er's eben nicht. Du hast nichts gemacht. Wir haben einfach nur abgehangen, und dir ist schlecht geworden. Das ist alles.«

»Er bringt mich um!«

»Weswegen? Außer mir weiß keiner was, und ich weiß von nichts. Versprochen.«

Es war schon nach acht, als Johnny nach Hause kam. Er ließ seine Jacke im Schuppen; er würde sie später hereinschmuggeln und abreiben. Seinen Eltern sagte er, daß er bei Yo-less gewesen war, womit er unliebsame Fragen vermied, da seine Eltern aus Gründen der Rassenverständigung mit Yo-less einverstanden waren. Etwas dagegen zu haben, daß er bei Yo-less war, hieß, etwas gegen Yo-less zu haben. Yo-less war verdammt nützlich.

Wie auch immer, es hatte sowieso niemand Abendessen gemacht. Mrs. Yo-less hatte ihm eine heiße Schokolade gegeben, aber das Essen hatte er höflich abgelehnt, sonst dachten sie, daß man zu Hause nicht genug bekam, und das machte man nicht. Sie hatte Bigmac ins Bett gebracht. Bigmac mit seinen Skinheadhaaren.

Er stellte sich ein Fertiggericht in die Mikrowelle, das als original italienische Gourmet-Lasagne deklariert war und für vier Personen reichen sollte. Aber nur, wenn es sich dabei um Zwerge handelte.

Das Telefon klingelte, als er es gerade mit nach oben nahm. Es war Wobbler.

»Yo-less hat mich gerade angerufen.«

»Und?«

»Warum hast du sie Bigmac nicht im Krankenwagen mitnehmen lassen?«

»Zusammen mit seinen Freunden?«

Einen Moment lang herrschte Schweigen, während Wobbler überlegte, wie er das meinte. Dann sagte er: »Iiiieeeks.«

»Genau.«

»Na ja, und bestimmt hätten sie ihm irgendwelche blöden Fragen gestellt. Wo Bigmac doch schon genug Ärger mit seinem Bruder hat.«

»Genau.«

»Wow!«

»Ich muß jetzt Schluß machen, Wobbler. Ich muß meine Lasagne essen, bevor sie zu Stein wird.«

Er legte das Telefon auf das Tablett und starrte es an. Da war noch etwas anderes, was er tun wollte. Was war das noch? Irgend etwas jedenfalls. Die Lasagne sah echt aus. Sie sah aus, als hätte sie schon mal jemand gegessen.

Der Captain sah auf.

Die meisten ihrer Offiziere standen vor ihr. Sie wirkten fast alle ein bißchen verlegen, bis auf den Artillerieoffizier, der ziemlich selbstgefällig in die Runde blickte.

»Ja?« sagte der Captain.

Zu ihrer Überraschung war es nicht der Artillerieoffizier, der das Wort ergriff. Es war der Navigationsoffizier, eine kleine, eher unauffällige ScreeWee, die unter vorzeitigem Schuppenverlust litt.

»Ähm«, sagte sie.

»Ja?« wiederholte der Captain.

»Ähm. Wir – das heißt, wir alle –«, sagte der Navigationsoffizier mit einem Gesichtsausdruck, als wünschte sie, ganz woanders zu sein, » – wir sind der Meinung, äh, daß der jetzige Kurs ein, äh, sehr unkluger ist. Wenn ich mir die Bemerkung erlauben darf«, fügte sie dann hinzu.

»In welcher Hinsicht?« fragte der Captain. Sie konnte den Artillerieoffizier hinter der kleinen ScreeWee grinsen sehen. Niemand konnte so grinsen wie die ScreeWees – ihre Mäuler waren dafür wie geschaffen.

»Wir, äh – das heißt, wir alle – werden immer noch angegriffen. Und dieser letzte Angriff war furchtbar.«

»Der Auserwählte hat sein eigenes Leben geopfert, um ihn zu beenden«, sagte der Captain.

»Ähm. Er wird zurückkommen«, sagte der Navigationsoffizier. »Ähm. Aber die zwanzig Leute, die wir verloren haben, nicht.«

Der Captain blickte nicht direkt zu ihr. Sie starrte den

Artillerieoffizier an, dessen Grinsen jetzt so breit war, daß ein ganzer Satz Billardkugeln zwischen seine Zähne gepaßt hätte, und der Queue wahrscheinlich noch dazu.

Er hat mit ihnen geredet, dachte sie. Ich hätte ihn erschießen lassen sollen. Es hätte ihnen nicht gefallen, aber ich wäre wahrscheinlich in der Lage gewesen, sie wieder zur Ordnung zu rufen.

»Was schlagen Sie also vor?« fragte sie.

»Ähm. Wir ... das heißt, wir alle ...«, sagte die kleine Scree Wee mit einem fragenden Blick zum Artillerieoffizier, »denken, daß wir umkehren sollten, um ...«

»Zu kämpfen?« sagte der Captain. »Um das letzte Gefecht auszutragen?«

»Ähm. Ja. Genau.«

»Und ihr seid alle derselben Meinung?«

Die Offiziere nickten, eine nach der anderen.

»Ähm. Tut mir leid, Captain«, sagte der Navigationsoffizier.

»Die anderen sind geblieben und haben gekämpft«, sagte der Captain. »Die Space Invaders und alle anderen. Wir haben alle die Wracks gesehen. Das einzige, was sie konnten, war angreifen. Sie blieben und kämpften, kämpften und starben.«

»Äh. Wir werden auch sterben«, sagte der Navigationsoffizier.

»Ich weiß, und es tut mir leid«, sagte der Captain. »Aber viele werden überleben. Und mit jeder Minute entfernen wir uns weiter aus der Gefahrenzone. Wir sind so nah an der Grenze! Wenn wir umkehren, werden uns die Menschen finden. Und dann werden sie ...«

»Sterben«, sagte der Artillerieoffizier. »Und wir werden gewinnen. Die anderen waren dumm. Wir sind es nicht. Wir können gewinnen. Wir liefern den Menschen die Mutter aller Kriege.«

»Ach ja?«, sagte der Captain. »Die Mutter und die Großmutter noch dazu. Kriege, die nur noch mehr Kriege verursachen.«

»Hört, hört, euer Captain hat gesprochen«, schnaubte der Artillerieoffizier verächtlich. »Befehlshabende über die Flotte. Das ist jämmerlich. Feige.«

»Wenn wir zu Hause sind ...«, begann der Captain.

»Zuhause? Das hier ist unser Zuhause! Wir haben kein anderes! Dieses ganze Geschwätz von einer Grenze und einem Planeten ganz für uns allein ... hat ihn schon mal jemand von uns gesehen? Nein! Es ist eine Legende. Wunschdenken. Ein Traum. Wir belügen uns selbst. Wir erfinden Geschichten. Der Auserwählte. Der Held mit den tausend Leben! Das sind alles Träume. Wir leben und vermehren uns und sterben in unseren Schiffen! Das ist unser Schicksal. Wir haben keine Wahl!«

Friedensgespräche, Friedensgebrüll

Johnny wachte in einem Raumjäger auf.

Sonst war er immer ein ganzes Stück von der Flotte entfernt gewesen, aber diesmal befand er sich direkt mittendrin. Er war ringsherum von ScreeWee-Schiffen umgeben.

Sie flogen in die falsche Richtung.

Sofort erschien ein Gesicht auf dem Bildschirm. Abgesehen von ein paar Unterschieden im Kamm und dem leicht orangefarbenen Schimmer der Schuppen, hätte es der Captain sein können.

»*Irdisches Schiff, bitte melden!*«

»Wer bist du?«

»*Ich bin der neue Captain. Hier sind meine Instruktionen ...*«

»Was ist mit dem alten Captain passiert?«

»*Sie steht unter Arrest. Hier sind meine Instruktionen ...*«

»Unter Arrest? Weswegen? Was hat sie denn getan?«

»*Nichts hat sie getan. Hör zu. Du hast sechzig Sekunden, um aus unserer Reichweite zu verschwinden. Ehrenhalber.*

Danach werden wir unsere gesamte Feuerkraft auf dich richten.«

»Warte mal...«

»Die Zeit läuft.«

»Aber...«

»Ende der Nachricht. Stirb, irdisches Wesen!«

Der Bildschirm erlosch.

Johnny starrte auf die leere Mattscheibe.

Das war kein freundliches Gesicht gewesen. Die Stimme hatte geklungen, als hätte sie die menschliche Sprache aus dem Buch gelernt – genau wie der richtige Captain. Aber in diesem Falle mußte es ein fieses Buch gewesen sein. Sie hatte auch geklungen, als würde sie so bis sechzig zählen: Eins, zwei, drei, vier, fünf, sieben, achtzehn, fünfunddreißig, neunundvierzig, achtundfünfzig, neunundfünzig, sechzig – Feuer!

Sein Schiff schoß nach vorne, und der Schub drückte ihn in den Sitz. Das war das Gute an Computerspielen – man konnte auf eine Art und Weise wenden und manövrieren, die in Wirklichkeit nie möglich wäre, weil sie den menschlichen Körper wie eine dünne, rosige Linoleumschicht über das Cockpit verteilen würde.

Die Flotte glitt vorbei und schrumpfte auf eine Reihe kleiner Punkte hinter ihm zusammen. Ein paar Laserstrahlen zischten vorbei, allerdings in einiger Entfernung, so als ob sie ihn eher abschrecken als töten wollten.

Die ScreeWee waren umgekehrt. Sie flogen zurück ins Spiel. Warum? Bald würden sie wieder auf den Bildschirmen der Spieler auftauchen! Es gab immer ein paar hartnäckige Spieler, die sich auf die Suche machten. Es konnte jetzt jeden Tag passieren, daß irgendein Kid den Computer einschaltete und die gesamte ScreeWee-Flotte auf sich zukommen sah. Nicht mal jetzt waren sie davor sicher. Es gab immer ein paar Leute, die nicht aufgaben ...

Und da tauchte ein grüner Punkt vor ihm auf. Er erkannte ihn an der Art, wie er sich bewegte: wie ein Wolf, der sich um eine Herde von Schafen herumschlich.

Er flog darauf zu.

Jetzt konnte er sich wieder erinnern. Im Spiel konnte er auch besser denken. Es war, als wäre er mehr *er selbst* im Spiel. Krystal oder Kylie oder einer dieser erfundenen Namen, hatte Wobbler gesagt. Und Bigmac meinte, der Nachname sei Dunn ...

Er drehte den Knopf der Kommunikationsanlage.

»Krystal?« probierte er. »Kylie? Kathryn? Wie auch immer?«

Nichts als das Rauschen der Sterne, dann: »Es heißt Kirsty, *im übrigen.*«

»Nicht feuern!« sagte Johnny schnell.

»Wer *bist* du?«

»Versprich mir zuerst, daß du nicht feuerst, okay? Ich hasse es zu sterben. Das macht einem das Nachdenken so schwer.«

Der andere Jäger war inzwischen kein Punkt mehr. Wenn sie jetzt auf ihn schoß, war er so gut wie tot – wenn tot sein gut war.

»In Ordnung«, sagte sie langsam. »Kein Feuer. Friedensgespräche. Jetzt sag mir, wer du bist.«

»Ich bin ein Spieler wie du«, sagte Johnny.

»Nein, bist du nicht. Keiner der anderen Spieler hat je mit mir gesprochen. Außerdem bist du auf *ihrer* Seite. Ich habe dich beobachtet.«

»Nicht direkt auf *ihrer* Seite«, sagte Johnny.

»Jedenfalls bist du nicht auf *meiner*«, sagte Kirsty. »Niemand ist auf meiner Seite.«

»Haben sie bei dir auch versucht, sich zu ergeben? Ich hab gehört, wie du in Patels Laden gesagt hast, daß sie dir eine Botschaft geschickt haben.«

Wieder herrschte jene vom Flüstern des Universums erfüllte Stille, dann fragte sie mit vorsichtiger Stimme: »Du bist nicht der kleine Fettsack, der aussieht, als könnte er einen BH brauchen, oder?«

»Nein. Hör zu . . .« Johnnys Finger huschten eifrig über die Gefechtskontrollen.

»Der Schwarze, der aussieht wie ein Buchhalter?«

»Nein. *Hör zu . . .*«

»O nein . . . nicht der *Dünne* mit den großen Stiefeln und dem spitzen Kopf . . .?«

»Nein. Ich bin der, der immer mit den anderen rumhängt und den niemand bemerkt«, sagte Johnny verzweifelt.

»Wer? Ich habe sonst niemanden gesehen.«

»Genau! Das war *ich!*«

»Und die haben sich *dir* ergeben?«

»Ja!« Die Rakete Nummer drei machte *ping,* als er sie auf ihr Schiff fixierte. Und jetzt zu Nummer vier . . .

»Aber du bist eine Niete!«

»Ich glaube, das heißt jetzt Pfeife. Wie auch immer, ich bin mehr als eine Pfeife.«

»Wieso?«

»Ich bin eine Pfeife, die fünf Raketen auf dich gerichtet hat.«

»Du hast gesagt, daß du nicht feuerst!«

»Hab ich auch noch nicht.«

»Du hast gesagt, daß wir ein Friedensgespräch führen!«

»Das hast *du* gesagt. Wie auch immer, wir führen ja eins. Nur daß ich . . . gewissermaßen brülle.«

Wenn sie sprach, glaubte er, im Hintergrund Musik zu hören.

»Hast du *wirklich* Raketen auf mich gerichtet?«

»Ja.«

»Ich bin überrascht, daß du an so was gedacht hast.«

»Ich auch. Hör zu, ich will auf *niemanden* schießen. Aber ich brauche Hilfe. Die Flotte ist umgekehrt. Sie haben auf mich geschossen!«

»Das ist ihr *Job,* du Pfeife. Sie schießen auf uns, und wir schießen auf sie. Warum haben sie überhaupt aufgehört? Es macht keinen Spaß, wenn sie nicht zurückfeuern.«

»Sie haben sich ergeben.«

»Die können sich nicht ergeben. Es ist ein Spiel.«

»Sie haben es aber getan. Manchmal kann man das Spiel verändern. Ich weiß es doch auch nicht, Kirsty!«

»Hör zu, ich hasse diesen Namen!«

»Irgendwie muß ich dich schließlich nennen«, sagte Johnny. »Wie nennst du dich denn selbst?«

»Wenn du es irgend jemandem erzählst, bring ich dich um...«

»Ich dachte, das hättest du sowieso vor.«

»Ich meine damit nicht, daß ich dich einfach abschieße. Ich meine, ich bring dich *wirklich* um.«

»In Ordnung. Wie heißt du als Spieler?«

»Sigourney – *du lachst!*«

»Tu ich nicht! Ich mußte niesen! Ehrlich! Nein, wirklich, das ist ein... guter Name. Sehr... passend...«

»Es ist sowieso nur ein Traum. Ich träume, und du träumst.«

»Na und? Dadurch wird es noch lange nicht unbedeutend.«

Es herrschte Schweigen, und im Hintergrund hörte er wieder dieses knarrende Geräusch, das entfernt wie Musik klang. Dann sagte sie: »Ha! Während wir gesprochen haben, habe *ich* meine Raketen auf *dich* gerichtet, Mr. Oberschlau!«

Johnny zuckte die Achseln, obwohl sie es nicht sehen konnte.

»Spielt keine Rolle. Ich hab sowieso damit gerechnet. Bringen wir uns eben gegenseitig um. Aber dann müssen wir noch mal durch das Ganze durch. Ist doch dumm. Willst du nicht rausfinden, was als nächstes passiert?«

Noch mehr knarrende Musik.

»Ich kann Musik hören«, sagte Johnny.

»Das ist mein Walkman.«

»Clever. Ich wünschte, ich hätte auch dran gedacht. Ich hab mal meine Kamera mitgeträumt, aber die Fotos sind nichts geworden. Was hörst du?«

»*C Inlay 4 Details* – ›Please Keep This Copy For Your Records‹.«

Wieder eine knarrende Pause.

Dann sagte sie, als hätte sie angestrengt nachgedacht: »Hör zu, wir können nicht im selben Traum sein. So was gibt's nicht.«

»Das läßt sich herausfinden. Wo wohnst du?«

Diesmal war die Pause wesentlich länger. Die Scree-Wee-Flotte erschien auf dem Bildschirm.

»Wir hauen lieber ab«, sagte Johnny. »Die haben das Feuer auf uns eröffnet. Irgendwas ist mit dem Captain passiert. Sie war diejenige, die den Frieden überhaupt wollte. Hör zu, ich weiß, daß du in der Tyne Avenue oder Crescent oder irgendwo da in der Gegend wohnst...«

»Wie kommt's, daß wir so nah beieinander wohnen?«

»Weiß nicht. Unglücklicher Zufall, nehm ich an. Hör zu, die werden bald in Reichweite sein...«

»Kein Problem. Dann schießen wir eben.«

»Die werden uns in die Luft jagen. Außerdem...«

»Na und? Sterben ist einfach.«

»Ich weiß. Es ist das Leben, das einem Probleme bereitet«, sagte Johnny und meinte es auch. »Aber du klingst nicht wie jemand, der immer den einfachen Weg wählt.«

C Inlay 4 Details knarrte in weiter Ferne.

»Also, was hast du vor?«

Johnny zögerte. So weit hatte er noch gar nicht gedacht. Der neue Captain schien nicht gerade gesprächsbereit.

»Weiß nicht. Ich will nur nicht, daß noch mehr Scree-Wee getötet werden.«

»Warum nicht?«

Weil sie wirklich sterben, wenn sie getötet werden.

»Ich will es einfach nicht, okay?«

Einige Kampfschiffe hatten die Flotte verlassen und kamen zielbewußt auf sie zu.

»Ich werde noch mal versuchen, mit ihnen zu reden«, beschloß er. »Irgend jemand wird schon zuhören.«

»Blöde Idee.«

»Andere fallen mir nicht so schnell ein.«

Johnny wendete sein Schiff und drückte auf den Beschleunigungsknopf. Ein paar Schüsse pufften harmlos an ihm vorbei und fügten dem leeren Raum großen Schaden zu.

Und dann näherte er sich mit Höchstgeschwindigkeit der Flotte.

Musik ertönte über das Funksystem.

»Idiot! Du mußt ausweichen und abtauchen! Kein Wunder, daß du so oft abgeschossen wirst!«

Er wackelte am Joystick herum. Irgend etwas riß einen seiner Flügel ab und explodierte hinter ihm.

»*Und* du hast die Kampfjäger hinter dir! Ha! Du kannst dich ja nicht mal selber retten!«

Johnny ließ die Flotte nicht aus den Augen, die vor ihm auf und ab tanzte, während er sein Schiff herumhüpfen ließ, um den gegnerischen Schüssen auszuweichen.

»Vielleicht könntest du dich mal nützlich machen!« brüllte er.

Hinter ihm ertönte ein Knall.

»Bin schon dabei.«

»Du schießt sie ab?«

»Dir kann man's echt *nicht* recht machen.«

Der Captain probierte es noch einmal mit ihrer Kabinentür. Sie war immer noch abgeschlossen. Und im Korridor stand mit Sicherheit eine Wache. ScreeWee hielten sich gewöhnlich an Befehle, auch wenn sie ihnen nicht gefielen. Der Artillerieoffizier war in dieser Hinsicht recht ungewöhnlich.

Das hat man davon, wenn man einen Mann befördert, dachte sie bitter. Sie sind unzuverlässige Denker.

Sie sah sich in ihrer Kabine um. Sie wollte nicht hier drinnen sitzen. Sie wollte draußen sein. Aber sie war nun mal drinnen. Sie würde sich etwas Neues einfallen lassen müssen.

Den Menschen schien das viel leichter zu fallen. Sie schienen immer am Rande des kompletten Wahnsinns, aber irgendwie schafften sie es. Das Innere ihrer Köpfe wäre sicher ein interessanter Ort für einen Besuch, aber sie konnte es sich nicht vorstellen, dort zu leben.

Wie denkt man als menschliches Wesen? Zuerst begibt

man sich in den Wahnsinn, möglicherweise, und dann auf der anderen Seite wieder hinaus . . .

»Hört zu! *Hört zu!* Wenn ihr in dieser Richtung weiterfliegt, werdet ihr alle getötet! Ihr fliegt zurück ins Spiel! Die anderen Spieler werden euch finden! Ihr werdet alle sterben! So geht das!«

Dann starb er.

Es war 6:3=. Er lag angezogen auf seinem Bett, trotzdem fror er.

Bruchstücke seines vorherigen Lebens sickerten durch seine Erinnerung zurück.

Sigourney!

Tja, das erklärt alles, würde Yo-less sagen. Und jetzt sah es so aus, als würde er jeden Abend damit zubringen, ScreeWee sterben zu sehen.

Es war für die ScreeWee schon schlimm genug, sich gegen ein oder zwei Spieler verteidigen zu müssen. Und das waren nur die, die so verschroben oder einsam oder gelangweilt waren, daß sie sich auf die Suche machten. Wobbler hatte gesagt, sie hätten Tausende von Spielen verkauft. Selbst wenn die meisten Leute ihr Spiel zurückbrachten, gab es immer jemanden, der weiterspielte. Und wenn die ScreeWee erst wieder auftauchten, würde sich die Nachricht in Windeseile herumsprechen . . .

Und dann, eines Tages, lange nachdem der letzte Spieler aufgehört hatte, das Spiel zu spielen, würden da diese zerstörten Schiffe durch den leeren Raum eines überholten Computerspiels treiben.

Und er konnte es nicht verhindern. Kir – Sigourney hatte recht. Dazu waren sie da.

Zu allem Überfluß war auch noch Dienstag. Das bedeutet, daß sie fast den ganzen Morgen mit Mathe zubringen würden. Danach hatten sie Englisch. Er würde in der großen Pause ein Gedicht schreiben. Im allgemeinen kam man mit einem Gedicht immer ganz gut durch.

Er holte seine Jacke aus dem Schuppen, wischte sie, so gut er konnte, mit dem Schwamm ab und hängte sie über die Heizung. Dann ging er in die Küche und inspizierte den Kühlschrank.

Sein Vater hatte wieder den Einkauf erledigt. Das konnte man sofort sehen, denn dann gab es immer teure Spezialitäten in Gläsern und merkwürdige exotische Gemüsesorten. Diesmal gab es indisches Vindaloo und noch mehr Sellerie. Niemand im Haus machte sich viel aus Sellerie. Am Ende wurde er immer braun. Sein Vater kaufte auch nie Brot und Kartoffeln. Anscheinend dachte er, daß solche Dinge einfach in der Küche *wuchsen* wie Pilze (obwohl er immer Pilze kaufte, wenn es diese besonderen, teuren getrockneten gab, die aussahen wie vermoderte Borkenstücke und von weisen, alten Franzosen gesammelt wurden).

Da war noch eine Packung Milch, deren Inhalt allerdings schon ziemlich solide klang, als er sie schüttelte.

Johnny fischte sich eine Tasse aus der grauenerregenden

Tiefe der Spülmaschine und spülte sie unter dem Wasserhahn ab. Zumindest konnte man mit schwarzem Kaffee nicht viel falsch machen.

Irgendwie genoß er es, morgens für sich alleine zu sein. Der Tag war auch noch viel zu jung, um tatsächlich schon schlecht anzufangen.

Im Fernsehen herrschte immer noch Krieg. Es ging ihm allmählich auf die Nerven. Es beunruhigte ihn. Man sollte annehmen, daß inzwischen alle genug davon hatten.

Bigmac war in der Schule. Er hatte die Nacht bei Yo-less verbracht. Mrs. Yo-less hatte seine Sachen gewaschen, sogar das T-Shirt mit ›Blackbury Skins‹ auf dem Rücken. Es war so sauber wie nie zuvor.

Er spürte, wie Wobbler und Yo-less neugierig zu ihm herüberschauten. Dasselbe taten ein oder zwei andere Mitschüler.

Später, als sie mitten im Gemenge waren – die Zeit, in der jeder Schüler der Schule das Schulgelände überqueren mußte, um irgendwo anders zu sein –, sagte Yo-less: »Bigmac hat gesagt, du hättest ihn aus dem Wrack gezogen, stimmt das?«

»Was? Er ist nicht mal . . .« Johnny zögerte.

Es war erstaunlich. Er hatte noch nie so schnell gedacht. Er dachte an Bigmacs Zimmer mit seinen Waffen-der-Welt-Postern, den Waffenmodellen aus Plastik und den ganzen Gewichten, die er sowieso nicht stemmen konnte. Bigmac war aus der schulinternen Rollenspielgruppe rausgeschmissen worden, weil sein Temperament immer mit ihm durchging. Bigmac, der sich die ganze Zeit solche Mühe gab, ein großer Draufgänger zu sein. Bigmac, der Matheaufgaben lösen konnte, indem er sie nur anschaute. Bigmac, der die Rolle des ... na ja, des großen, starken Bigmac spielte.

Johnny sah sich um. Bigmac beobachtete ihn. Wenn man davon ausging, daß Bigmacs Vorfahren zur Familie der Affen gehört hatten, so war es doch ziemlich verblüffend, wie sehr sein Gesichtsausdruck dem des ScreeWee-Captains glich, bei deren Vorfahren es sich um eine Art Alligator gehandelt haben mußte. Sein Gesicht sagte: Hilf mir.

»Kann mich nicht mehr genau dran erinnern«, sagte er.

»Meine Mutter hat im Krankenhaus angerufen, und die haben gesagt, da waren nur zwei Jungs, und die sind beide ...«

»Es war dunkel«, sagte Johnny.

»Ja, aber wenn du ihn *wirklich* ...«

»Es ist einfach das beste, wenn jeder in dieser Sache die Klappe hält, okay?« sagte Johnny mit einem bedeutungsvollen Nicken in Bigmacs Richtung.

»Jedenfalls sagt sie, du hättest alles richtig gemacht«, fügte Yo-less hinzu. »Und sie meint auch, daß sich wohl niemand richtig um dich kümmert.«

»Yo-less.«

»Sie sagt, du sollst ruhig hin und wieder zum Essen zu uns kommen ...«

»Danke«, sagte Johnny. »Bin im Moment etwas beschäftigt . . .«

»Womit?« fragte Yo-less.

Johnny fischte in seiner Tasche herum.

»Was glaubst du, was das ist?« fragte er.

Yo-less nahm die Frage sehr ernst.

»Das ist ein Foto«, antwortete er. »Sieht aus wie ein Fernsehbildschirm mit lauter Punkten.«

»Ja«, seufzte Johnny. »Sieht so aus, was?«

Er steckte das Bild wieder tief in seine Tasche.

»Yo-less?«

»Was?«

»Wenn jemand ein bißchen komisch im Kopf ist . . . du weißt schon . . .«

»Übergeschnappt, meint er«, sagte Wobbler hinter ihm.

»Nur ein bißchen *überstrapaziert*«, sagte Johnny. »Ich meine . . . würde er es selbst merken?«

»Tja, jeder glaubt, daß er ein bißchen verrückt ist«, sagte Yo-less. »Das gehört zum Normalsein.«

»Oh, ich glaube nicht, daß ich verrückt bin«, sagte Johnny.

»Tust du nicht?«

»Na ja . . .«

»Aha!« sagte Wobbler.

»Ich meine – die ganze Welt scheint im Moment ein bißchen merkwürdig. Ihr seht doch auch, was im Fernsehen los ist, oder nicht? Wie kann man zu den Guten gehören, wenn man anderen Menschen Bomben direkt in die Schornsteine wirft? Und massenweise Leute in die Luft jagt, nur weil sie sich von einem Verrückten tyrannisieren lassen?«

»Dann sollten sie sich eben nicht tyrannisieren lassen«, sagte Bigmac. Johnny sah ihn an, und Bigmac wurde wieder ein bißchen kleiner. »Ist doch ihre eigene Schuld. Schließlich *müssen* sie's nicht zulassen. Sagt jedenfalls mein Bruder«, murmelte er.

»So, tut er das?« sagte Johnny.

Bigmac zuckte die Achseln.

»Hm. Tja, also«, sagte Wobbler. »Wie sollen sie's denn machen? Es ist schon schwer genug, einen Premierminister loszuwerden, und so einer läßt wenigstens keine Leute erschießen. Jedenfalls jetzt nicht mehr.«

»Mein Bruder ist *dumm*«, sagte Bigmac so leise zu sich selbst, daß Johnny sich fragte, ob es sonst noch jemand gehört hatte.

»Da war ein Mann in der Glotze, und der hat gesagt, daß die Schützen so gut wären, weil sie alle mit Computerspielen aufgewachsen sind«, sagte Wobbler.

»Seht ihr?« sagte Johnny. »Das ist genau, was ich meine. Spiele wirken realistisch. Und die Wirklichkeit sieht aus wie ein Spiel. Und ... und ... irgendwie vermischt sich das alles in meinem Kopf.«

»Aha«, sagte Yo-less wissend. »Das ist nicht verrückt. Das ist Schamanismus. Ich hab ein Buch drüber gelesen.«

»Was ist Schamanismus?«

»Schamanen waren diese Leute, die halb in einer

Traumwelt und halb in der Wirklichkeit lebten«, sagte Yo-less. »Wie Medizinmänner und Druiden und so. Die waren mal sehr wichtig. Die haben die Leute geführt.«

»Geführt?« sagte Johnny. »Wohin?«

»Bin mir nicht sicher. Meine Mutter sagt jedenfalls, daß sie Teufelswerk wären.«

»Ja, aber das behauptet deine Mutter von praktisch allen Dingen«, sagte Wobbler.

»Stimmt«, sagte Yo-less mit ernster Miene. »Das ist ihr Hobby.«

»Sie hält sogar Rollenspiele für Teufelswerk«, sagte Wobbler.

»Das ist wahr.«

»Verdammt clever von ihm«, sagte Wobbler. »Ich meine, wie er da unten in der Hölle sitzt und sich die ganzen Kampfpläne und all das ausdenkt. Ich wette, daß er jedesmal richtig geflucht hat, wenn sein Würfel in Flammen aufgegangen ist . . .«

Schamanismus, dachte Johnny. Ja. Ich könnte ein Schamane sein. Ein Führer. Das war auf jeden Fall besser, als für verrückt erklärt zu werden.

Dann hatten sie wieder Mathe. Was Johnny betraf, so wäre die Zukunft ein besserer Ort, wenn sie kein $3y + x^2$ enthalten würde. Er hatte schon genug Probleme, ohne daß Leute sie ihm seitenweise aufhalsten.

Er versuchte, sich die Idee, jemanden anzurufen, aus dem Kopf zu schlagen.

Dann hatten sie Sozialkunde. Normalerweise brauchte

man Sozialkunde nicht ernst zu nehmen, da meistens über alles Mögliche gesprochen wurde, was den Leuten gerade so durch den Kopf ging, oder, wenn das nicht der Fall war, über Aids. Eigentlich endete der Tag mit Mathe. Sozialkunde war nur dazu da, die Schüler für eine weitere Dreiviertelstunde von der Straße fernzuhalten.

Er *könnte* es versuchen, sie anzurufen. Er brauchte lediglich ein Telefonbuch und ein bißchen Hirn . . .

Johnny starrte an die Decke. Der Lehrer sprach über den Krieg. Das war das einzige, worüber zur Zeit gesprochen wurde. Er hörte mit halbem Ohr zu. Niemandem gefielen die Bombardierungen. Eines der Mädchen brach deswegen fast in Tränen aus . . .

Angenommen, *sie* war wirklich da? Oder angenommen, *sie* behauptete, nie zuvor von ihm gehört zu haben?

Bigmac meldete sich zu Wort. Das war etwas sehr Ungewöhnliches.

Und dann sagte jemand: »Glaubst du, es ist leicht? Glaubst du, die Piloten sitzen *wirklich* da wie . . . wie in einem Spiel? Glaubst du, sie lachen? Glaubst du, daß sie richtig lachen? Ich meine nicht nur, weil sie noch am Leben sind, sondern weil es ihnen Spaß macht? Wenn jeden Tag auf sie geschossen wird, nur weil es ihr Job ist? Wenn sie jede Minute selbst in die Luft gejagt werden können? Glaubst du nicht, daß die sich auch fragen, wozu das alles gut sein soll? Glaubst du, es *gefällt* ihnen? Aber immer drehen wir die Sache so, daß sie uns nicht mehr ganz so grausam und realistisch vorkommt. Wir machen Spiele draus, obwohl es keine sind. Wir müssen erst mal rausfinden, was *wirklich* ist!«

Alle starrten ihn an.

»Das ist jedenfalls meine Meinung«, sagte Johnny.

Auf der Erde versteht keiner dein »Äh«

»Ja, bitte?«

»Äh.«

»Hallo?«

»Äh. Ist Si – ist Kirsty da?«

»Wer ist denn da?«

»Ich bin ein Freund. Äh. Ich glaube nicht, daß sie meinen Namen kennt.«

»Du bist ein Freund, und sie kennt deinen Namen nicht?«

»Bitte!«

»Schon gut. Warte.«

Johnny starrte an seine Schlafzimmerwand. Schließlich sagte eine mißtrauische Stimme: »Ja? Wer ist da?«

»Du bist Sigourney. Du stehst auf *C Inlay 4 Details*. Du fliegst echt gut. Du . . .«

»Du bist *er!*«

Johnny atmete erleichtert auf. Wirklichkeit!

Es war schlimmer gewesen, das Telefonbuch durchzublättern, als einen Raumjäger zu fliegen. Fast schlimmer als sterben.

»Ich war mir nicht sicher, ob du wirklich existierst«, sagte er.

»Ich war mir nicht sicher, ob *du* existierst«, sagte sie.

»Ich muß mit dir sprechen. Ich meine, unter vier Augen.«

»Woher weiß ich, daß du nicht irgend so ein Verrückter bist?«

»*Kling* ich wie irgend so ein Verrückter?«

»Ja!«

»Okay, aber davon mal abgesehen?«

Einen Moment lang herrschte Schweigen. Dann sagte sie widerstrebend: »Also gut. Du kannst zu mir kommen.«

»Was? Zu dir nach Hause?«

»Das ist sicherer als in der Öffentlichkeit, du Idiot.«

Nicht für mich, dachte Johnny.

»Okay«, sagte er.

»Ich meine, du könntest einer von diesen komischen Typen sein.«

»Was, ein Clown?«

Und dann sagte sie: »Bist du es wirklich?«

»*Wirklich*, da bin ich mir nicht so sicher. Aber ich bin's, ja.«

»Du bist abgeschossen worden.«

»Ja, ich weiß. Ich war schließlich dabei, falls du dich noch dran erinnerst.«

»Ich sterbe nicht so oft im Spiel. Es hat ja auch Ewigkeiten gedauert, bis ich die Außerirdischen überhaupt gefunden habe.«

Hm, dachte Johnny.

Dann sagte er düster: »Durch Wiederholung wird's auch nicht leichter.«

Tyne Crescent war eine ziemlich gerade Straße mit Bäumen, und die Häuser waren groß und hatten Doppelgaragen und Fachwerk, um den Leuten vorzugaukeln, daß sie aus der Zeit Heinrichs des VIII. stammten.

Kirstys Mutter öffnete ihm die Tür. Sie grinste wie der Captain, wobei man dem Captain nachsehen mußte, daß sie mit Krokodilen verwandt war. Johnny fühlte sich, als hätte er die falschen Sachen an oder das falsche Gesicht.

Er wurde in einen großen Raum geführt, der überwiegend weiß war. Wertvolle Bücherschränke füllten eine ganze Wand aus. Der Boden war aus nacktem Kiefernholz, allerdings versiegelt und auf Hochglanz poliert, um zu zeigen, daß sie sich Teppiche hätten leisten können, wenn sie es gewollt hätten. Eine Harfe und ein Stuhl standen in einer Ecke, und rundherum auf dem Boden lagen Notenblätter. Johnny hob eins davon auf. Oben auf der Seite stand »Royal College, Stufe V«.

»Also?«

Sie stand hinter ihm. Das Blatt glitt ihm aus den Fingern.

»Und sag jetzt nicht wieder ›äh‹«, sagte sie, als sie sich setzte. »Du sagst oft ›äh‹. Bist du dir nie ganz sicher bei einer Sache?«

»Äh – nein. Hallo.«

»Setz dich. Meine Mutter macht uns Tee. Und dann läßt

sie uns in Ruhe. Das wirst du wahrscheinlich merken. Man kann es regelrecht *hören*, wie sie einen in Ruhe läßt. Sie findet, daß ich mehr Freunde haben sollte.«

Sie hatte rote Haare und das typisch schmale Gesicht dazu. Es war, als hätte jemand ihren krausen Pferdeschwanz gepackt und fest daran gezogen.

»Das Spiel«, sagte Johnny vage.

»Ja? Was ist damit?«

»Ich bin wirklich froh, daß du auch drin bist. Yo-less meint, daß das alles nur in meinem Kopf stattfinden würde, wegen den Schweren Zeiten. Er sagt, daß es nur eine Projektion meiner Probleme wäre.«

»Ich habe keine Probleme«, erwiderte Kirsty. »Ich komme mit Leuten sogar phantastisch zurecht. Ich schätze, das alles hat einen einfachen psychologischen Grund, nur daß du anscheinend zu dumm ist, ihn herauszufinden.«

»Am Telefon hast du dich aber besorgter angehört«, sagte Johnny.

»Aber inzwischen hatte ich Zeit, drüber nachzudenken. Und was kümmert's mich, was mit ein paar Punkten in einer Maschine passiert?«

»Hast du nicht die Space Invaders gesehen?« fragte Johnny.

»Ja, aber die waren dumm. So ist das eben. Charles Darwin hat das sehr richtig erkannt. Ich gehöre zu den Gewinnern. Und das einzige, was ich wissen will, was du in *meinem* Traum zu suchen hattest?«

»Ich bin mir nicht sicher, ob es überhaupt ein Traum

ist«, sagte Johnny. »Ich weiß nicht genau, *was* es ist, aber es ist weder Traum noch Wirklichkeit. Irgendwas dazwischen. Ich weiß nicht. Vielleicht passiert irgendwas in deinem Kopf. Vielleicht bist du drin, weil – weil, na ja, ich weiß nicht, warum, aber irgendeinen Grund muß es doch haben«, brachte er seinen Satz lahm zu Ende.

»Warum bist *du* dann drin?«

»Weil ich die ScreeWee retten will.«

»Warum?«

»Weil ... ich eine Verantwortung übernommen habe. Aber der Captain ... ich weiß nicht, sie haben sie eingesperrt oder so. Es muß eine Art Meuterei gegeben haben. Der Artillerieoffizier steckt dahinter. Aber wenn ich – wenn wir sie befreien, könnte sie die Flotte möglicherweise zur Umkehr bewegen. Ich dachte, du hättest vielleicht eine Idee, wie wir sie da rausholen können«, sagte Johnny lahm. »Wir haben nicht mehr viel Zeit.«

»Sie?« sagte Kirsty.

»Sie hat alles angefangen. Sie hat sich auf mich verlassen«, sagte Johnny.

»Du hast ›sie‹ gesagt«, sagte Kirsty.

Johnny stand auf.

»Ich dachte, du hättest uns vielleicht helfen können«, sagte er enttäuscht. »Aber wen kümmert's schon, was mit ein paar Punkten passiert, die nicht mal wirklich existieren. Also werd ich jetzt einfach ...«

»Du sagst die ganze Zeit ›sie‹«, sagte Kirsty. »Soll das heißen, daß der Captain eine Frau ist?«

»Weiblich«, sagte Johnny. »Ja.«

»Aber vom Artillerieoffizier hast du in der männlichen Form gesprochen«, sagte Kirsty.

»Das ist richtig.«

Kirsty stand auf.

»Das ist typisch. Das ist absolut typisch für die moderne Gesellschaft. Er haßt es wahrscheinlich, daß eine Frau – ein weibliches Wesen besser ist als er. Das erlebe ich *jeden Tag*.«

»Äh«, sagte Johnny. Eigentlich wollte er gar nicht »äh« sagen. Eigentlich wollte er sagen: »Übrigens sind alle ScreeWee weiblich, *außer* dem Artillerieoffizier.« Aber ein anderer Teil seines Gehirns hatte schneller geschaltet und seinen Mund dichtgemacht, bevor er die Worte sagen konnte, und an ihrer Stelle das gute, alte »Äh« über seine Lippen geschubst.

»Da war neulich ein Artikel in der Zeitung«, sagte Kirsty. »Dieser ganze Haufen von Firmendirektoren hat sich gegen eine Frau zusammengetan und sie ausgebootet, nur weil sie zur Chefin ernannt worden war. Das war genau wie mit mir und dem Schachverein.«

Es war wahrscheinlich keine gute Idee, ihr die *ganze* Wahrheit zu erzählen. Sie hatte so ein Funkeln in den Augen. Nein, es schien ihm nicht angebracht, völlig ehrlich zu sein. Und *gelogen* hatte er schließlich auch nicht.

»Hier geht es um prinzipielle Dinge«, sagte Kirsty. »Du hättest mir das von Anfang an sagen sollen.« Sie stand auf. »Komm mit.«

»Wohin?« fragte Johnny.

»In mein Zimmer«, sagte Kirsty. »Keine Angst, meine Eltern sind sehr liberal.«

An allen Wänden hingen Filmposter, und wo keine Filmposter hingen, standen Regale mit Pokalen. Da war eine gerahmte Urkunde für den Regionalsieger der Nationalen Schießmeisterschaften für Kleinkaliber und eine andere für den Sieger eines Schachturniers. Und eine dritte für athletische Meisterschaften. Da hingen eine Menge Medaillen, überwiegend goldene und ein oder zwei silberne. Kirsty war tatsächlich ein Gewinner.

Gäbe es eine Medaille für das sauberste Zimmer, hätte sie die auch noch gewonnen. Man konnte den Boden von einer Wand zur anderen sehen.

Sie hatte einen elektrischen Bleistiftspitzer.

Und einen Computer. Auf dem Bildschirm stand die vertraute Frage: NEUES SPIEL (JA/NEIN)?

»Weißt du, daß ich einen IQ von hundertsechsundfünfzig habe?« sagte sie, als sie sich vor den Computer setzte.

»Ist das gut?«

»Natürlich! Und ich habe nur angefangen, dieses *dämliche* Spiel zu spielen, weil mein Bruder es mitgebracht hat und meinte, ich hätte sowieso keine Ahnung davon. Diese Spiele sind was für *Schwachköpfe*.«

Neben der Tastatur lag ein Notizblock.

»Jede Stufe«, erklärte Kirsty. »Ich habe mir Notizen

darüber gemacht, wie die Schiffe fliegen. Und natürlich auch über den Spielstand.«

»Du hast es wirklich ernst genommen«, sagte Johnny. »Sehr ernst.«

»*Natürlich* nehm ich es ernst. Es ist ein *Spiel.* Man muß es *gewinnen,* was hätte es sonst für einen Sinn? Also . . . wie kommen wir an Bord des Kontrollschiffs?«

»Äh . . .«

»Denk nach!«

»*Können* wir überhaupt in ein ScreeWee Schiff eindringen?«

Kirsty knurrte fast. »Ich habe *dich* gefragt. Jetzt setz dich und denk nach!«

Johnny setzte sich.

»Ich glaube nicht, daß wir's können«, sagte er. »Ich bin immer in meinem Raumjäger. Ich glaube, die Dinge müssen so aussehen wie auf dem Bildschirm.«

»Hmm. Ich schätze, das ergibt einen Sinn.« Kirsty steckte einen Stift in den Anspitzer, der daraufhin einen Moment lang surrte. »Und wir wissen nicht, wie es da drinnen aussieht.«

Johnny starrte an die Wand. Zwischen den anderen Dingen, die über dem Bett an die Wand geheftet waren, entdeckte er eine Siegerurkunde im Weitsprung der Juniorenklasse. Sie gewinnt alles, dachte er. Wow. Sie geht einfach davon aus, daß sie gewinnen wird. Jemand, der immer überzeugt ist, daß er gewinnen wird . . .

Er starrte nach oben auf die Filmplakate. Da hing eins,

das er schon oft gesehen hatte. Ein sehr bekanntes. Das geifernde, außerirdische Monster. Man hätte annehmen können, daß ein *C-Inlay-4-Details*-Poster über ihrem Bett hängen würde, aber nein, da hing dieses Monster . . .

»Jetzt erzähl mir nicht, daß du in das Schiff eindringen willst, um die Korridore entlangzulaufen und ScreeWee abzuschießen«, sagte er. »Das hast du doch bestimmt vor, oder?«

»Taktisch . . .«, begann sie.

»Das darfst du nicht. Der Captain würde es nicht wollen. Nicht, daß du ScreeWee abschießt.«

Kirsty warf verärgert die Arme in die Luft.

»Das ist *dumm*«, sagte sie. »Wie soll man denn gewinnen, ohne den Feind zu töten?«

»Ich soll sie nicht töten, ich soll sie retten. Wie auch immer, es sind ja auch keine richtigen Feinde. Ich kann nicht rumlaufen und sie abknallen.«

Kirsty wirkte nachdenklich.

»Weißt du«, sagte sie, »daß es mal einen afrikanischen Stamm gegeben hat, der kein Wort für ›Feind‹ hatte, außer die Bezeichnung ›ein Freund, dem wir noch nicht begegnet sind‹?«

Johnny lächelte. »Genau«, sagte er. »Und deswegen . . .«

»Aber sie sind alle im Jahre 1802 getötet und gefressen worden«, sagte Kirsty. »Außer den wenigen, die als Sklaven verkauft wurden. Der letzte von ihnen starb 1864 in Mississippi, und er war *sehr bestürzt*.«

»Das hast du dir grade ausgedacht«, sagte Johnny.

»Nein. Ich habe einen Preis in Geschichte gewonnen.«

»Hab ich mir fast gedacht«, sagte Johnny. »Aber ich werde niemanden töten.«

»Dann kannst du nicht gewinnen.«

»Ich will nicht gewinnen. Ich will nur nicht, daß sie verlieren.«

»Du bist *wirklich* eine Pfeife, was? Wie kann man bloß mit der Erwartung durchs Leben gehen, daß man ständig verliert?«

»Tja, mir bleibt wohl nichts anders übrig. Schließlich ist die Welt voller Menschen wie dir.«

Johnny merkte, daß er wieder wütend wurde. Das passierte nicht oft. Normalerweise wurde er still und einfach unglücklich. Wut war etwas Ungewöhnliches. Aber wenn sie kam, kochte er über.

»Sie haben versucht, mit dir zu reden, und du hast nicht mal zugehört! Du warst der einzige andere Spieler, der sich so weit darauf eingelassen hat! Du warst so wild drauf, zu gewinnen, daß du ins Spiel eingedrungen bist! Und du hättest es viel besser geschafft, sie zu retten, als ich! Aber du hast nicht mal zugehört! Ich *habe* zugehört, und ich habe eine Woche lang versucht, die Menschheit im Schlaf zu retten! Es sind immer wieder Leute wie ich, die so was machen müssen! Es sind immer die Leute, die nicht besonders clever sind und auch keine Preise gewinnen, die für andere ständig den Kopf hinhalten müssen und getötet werden! Und du hast einfach nur rumgelungert und zugeguckt! Es ist genau wie im Fernsehen! Die Sieger haben ihren Spaß. Gewinnertypen verlieren nicht, schlimmstenfalls landen sie auf dem zweiten Platz! Es sind all die anderen Leute, die verlieren! Und jetzt denkst du auch nur dran, dem Captain zu helfen, weil du glaubst, sie ist wie du! Was soll's, es ist mir inzwischen scheißegal. Miss Oberschlau! Ich hab mein Bestes getan! Und ich werde es auch weiterhin tun! Sie werden alle zurückkehren, und es wird dasselbe passieren wie mit den Space Invaders! Und ich werde dabeisein, jede Nacht!«

Sie starrte ihn mit offenem Mund an.

Es klopfte an der Tür, und da Mütter nun einmal so waren, wie sie waren, stand Kirstys Mutter auch schon im Zimmer – mit einem breiten Grinsen und einem Tablett.

»Ich dachte, daß ihr beide etwas Tee mögt«, sagte sie. »Und . . .«

»*Ja,* Mutter«, sagte Kirsty und verdrehte die Augen.

». . . ich habe noch ein paar Makronen mitgebracht. Weißt du inzwischen, wie dein Freund heißt?«

»John Maxwell«, sagte Johnny.

»Und wie nennen dich deine Freunde?« fragte Kirstys Mutter.

»Manchmal nennen sie mich Rubber«, sagte Johnny.

»So, tun sie das? Und warum?«

»*Mutter,* wir sind *beschäftigt*« sagte Kirsty.

»*Cobbers* fängt gleich an«, sagte Kirstys Mutter. »Ich äh, guck's mir dann in der Küche an, ja?«

»Auf Wiedersehen«, sagte Kirsty eindringlich.

»Ähm, ja«, sagte ihre Mutter und ging hinaus.

»Sie kommt einfach nicht zu Potte«, sagte Kirsty. »Stell dir mal vor, mit Zwanzig zu heiraten! Absoluter Mangel an Ehrgeiz.«

Sie starrte Johnny eine Weile an. Er war jetzt wieder still. Es hatte ihn überwältigt, sich selbst so reden zu hören.

Kirsty hüstelte. Zum ersten Mal, seit er sie kennengelernt hatte, wirkte sie ein bißchen unsicher.

»Also«, sagte sie. »Hm. Okay. Und... wir werden kaum in der Lage sein, die ganzen anderen Spieler abzuwehren, wenn sie wieder auftauchen.«

»Nein. Dazu haben wir nicht genug Raketen.«

»Können wir uns nicht mehr Raketen träumen?«

»Nein. Daran hab ich auch schon gedacht. Man bekommt den Jäger, mit dem man auch sonst spielt. Ich meine, wir *wissen*, daß er nur sechs Raketen hat. Ich hab versucht, mehr zu träumen, aber es funktioniert nicht.«

»Hmm. Interessantes Problem. *Tut mir leid*«, fügte sie schnell hinzu, als sie sein Gesicht sah.

Johnny starrte auf die Filmposter. Sigourney! Überall Spiele. Bigmac war ein harter Kerl in seinem Kopf, und *sie* liebte scharf gespitzte Bleistifte, gewann immer alles und schoß in Gedanken Außerirdische ab. Jeder hatte ein Bild von sich selbst im Kopf, nur er nicht...

Er blinzelte.

Und jetzt hatte er Kopfschmerzen. In seinen Ohren summte es.

Kirstys Gesicht kam verschwommen auf ihn zu.

Die Kopfschmerzen waren jetzt wirklich schlimm.

»Du bist krank. Und du siehst auch ganz abgemagert aus. Wann hast du das letzte Mal gegessen?«

»Weiß nicht. Ich glaube, gestern abend.«

»Gestern abend? Was war mit Frühstück und Mittagessen?«

»Oh, na ja . . . weißt du . . . ich mußte die ganze Zeit dran denken . . .«

»Dann trink jetzt besser deinen Tee und iß die Makronen. Puh. Wann hast du das letzte Mal gebadet?«

»Is irgendwie schon 'ne Weile . . .«

»Heiliger Bimbam . . .«

»Hör zu! Hör zu!« Es war wichtig, es ihr zu sagen. Er fühlte sich überhaupt nicht gut.

»Ja?«

»Wir träumen uns hinein«, sagte er.

»Wovon redest du? Du schwankst ja!«

»Wir träumen uns ins Kontrollschiff!«

»Aber wir sind uns doch einig, daß wir nicht wissen, wie's drinnen aussieht!«

»Okay! Gut! Also bestimmen wir, wie es drinnen aussehen *soll*, klar?«

Sie tippte gereizt mit dem Bleistift auf den Notizblock.

»Also, wie sieht es da drinnen aus?«

»Ich weiß nicht! Wie das Innere eines Raumschiffs eben! Korridore und Kabinen und so weiter. Schrauben und Nieten und Kontrolltafeln und Schiebetüren. Ausländische Heizer, die lamentieren, daß die Maschinen nich mää häagebben. Grelles, blaues Licht!«

»Hmm. So stellst du dir also das Innere eines Raumschiffs vor, ja?«

Kirsty funkelte ihn an. Sie funkelte einen fast immer an. Es war ihr normaler Gesichtsausdruck.

»Wenn wir einschlafen ... ich meine, wenn *ich* einschlafe ... versuche ich, im Kontrollschiff aufzuwachen«, sagte er.

»Wie?«

»Ich weiß nicht. Indem ich mich darauf konzentriere, schätz ich.«

Sie beugte sich zu ihm. Zum ersten Mal, seit er sie kennengelernt hatte, sah sie tatsächlich besorgt aus.

»Du siehst nicht so aus, als ob du klar denken könntest«, sagte sie.

»Ich werd's schon schaffen.«

Johnny erhob sich.

Und im Weltraum hört sowieso niemand zu

Und wachte auf.

Er lag auf etwas Hartem. Direkt vor seinen Augen befand sich so etwas wie Maschengeflecht. Er starrte eine Weile darauf, während ein entferntes Dröhnen an seine Ohren drang.

Offensichtlich befand er sich wieder im Spiel, aber mit Sicherheit nicht in seinem Raumjäger . . .

Die Maschen bewegten sich.

Das Gesicht des Captains schob sich über den Rand des Geflechts, verkehrt herum.

»Johnny?«

»Wo bin ich?«

»Unter meinem Bett, wie mir scheint.«

Er rollte zur Seite.

»Ich bin in eurem Schiff?«

»Aber ja.«

»Genau! Ha! Ich wußte, daß ich es schaffe . . .«

Er stand auf und sah sich in der Kabine um. Es war nicht sehr beeindruckend. Außer dem Bett, das unter einer Vorrichtung stand, die aussah wie eine Höhensonne, befanden sich noch ein Schreibtisch in der Kabine und ein Möbelstück, das man wahrscheinlich als Stuhl benutzte, wenn man vier Hinterbeine und einen dicken Schwanz hatte.

Auf dem Schreibtisch lag ein halbes Dutzend Außeriridische aus Plastik. Und dann stand da noch ein Käfig, in dem zwei Vögel mit langen, dünnen Schnäbeln hockten, die ihn mit fast intelligenten Augen beobachteten.

Stimmt. Sigourney hatte recht. Er konnte im Spiel tatsächlich besser nachdenken. All seine Überlegungen schienen viel klarer.

Okay. Er war also an Bord. Es wäre ihm zwar lieber gewesen, *außerhalb* der Kabine aufzuwachen, in der sie den Captain eingeschlossen hatten, aber immerhin war es ein Anfang.

Er starrte auf die Wand, in der sich ein Gitter befand.

»Was ist das?« fragte er und zeigte auf das Gitter.

»Da kommt die Luft durch.«

Johnny zerrte an dem Gitter. Offensichtlich gab es keinen Mechanismus, um es leicht zu entfernen. Wenn man es *tatsächlich* irgendwie abnehmen konnte, wäre das Loch dahinter auf jeden Fall groß genug für den Captain. Luftkanäle. Klar, was hatte er erwartet?«

»Wir müssen das abkriegen«, sagte er. »Bevor etwas Fürchterliches passiert.«

»Wir sind gefangen«, sagte der Captain. »Was kann sonst noch Fürchterliches passieren?«

»Hast du schon mal den Namen . . . Sigourney gehört?« fragte Johnny vorsichtig.

»Nein, aber es klingt wie ein schöner Name«, sagte der Captain. »Wer ist Sigourney?«

»Also, wenn sie sich auch in dieses Schiff hineinträumen kann, dann wird es *Ärger* geben. Du solltest mal die Poster an ihrer Wand sehen.«

»Was für Poster?«

»Äh. Von Außerirdischen«, sagte Johnny.

»Sie interessiert sich besonders für außerirdische Rassen?« sagte der Captain freudig überrascht.

»Äh, ja. Sozusagen.« Allein der Gedanke an ihr Auftauchen ließ ihn noch verzweifelter an dem Gitter zerren. »Äh. Da ist irgendwas an der Innenseite . . . und ich kann meine Hand nicht ganz durchstecken . . .«

Der Captain beobachtete ihn mit großem Interesse.

»So was Ähnliches wie Flügelschrauben«, ächzte Johnny.

»Das ist äußerst lehrreich«, sagte der Captain, während sie ihm über die Schulter schaute.

»Ich krieg sie nicht zu fassen!«

»Du möchtest sie losdrehen?«

»Ja!«

Der Captain watschelte hinüber zu ihrem Schreibtisch und öffnete den Vogelkäfig. Beide Vögel hüpften sofort auf ihre Hand. Der Captain sprach ein paar Worte auf ScreeWee, und die Vögel flatterten an Johnnys Kopf vorbei, quetschten sich durch das Gitter und verschwanden. Nach ein oder zwei Sekunden hörte er das *quiek-quiek* der Muttern, als sie von den Vögeln losgedreht wurden.

»Was sind das für Vögel?« fragte er.

»Chee«, sagte der Captain. »Mundvögel. Verstehst du?« Sie öffnete ihren Mund und entblößte mehrere Reihen gelber Zähne. »Für die Hygiene.«

»Lebende Zahnbürsten?«

»Die hatten wir schon immer. Das ist eine alte Tradition. Sie sind sehr intelligent. Die sind dafür geboren, mußt du wissen. Schlaue Tierchen. Sie verstehen ein paar Worte ScreeWee.«

Das Quietschen ging weiter. Dann hörten sie ein *klonk,* und eine der Muttern rollte durch das Gitter.

Die Abdeckung fiel in den Raum.

Johnny betrachtete das Loch.

»*O-kay*«, sagte er zögernd. »Du weißt nicht zufällig, wo es hinführt, oder?«

»Nein. Die Luftkanäle ziehen sich durchs ganze Schiff. Gehst du voran?«

»Äh . . .«

»Ich wäre froh, wenn du mich führen würdest«, sagte der Captain.

Johnny stieg auf das Bett und kroch in das Loch. Es dauerte nicht lange, bis sich der Kanal in einen größeren Schacht öffnete.

»Durchs ganze Schiff?« sagte er.

»Ja.«

Johnny hielt einen Moment lang inne. Er hatte enge, dunkle Räume noch nie gemocht.

»Also gut«, sagte er schließlich.

Kirstys Mutter legte den Hörer auf.

»Da geht keiner ran«, sagte sie.

»Ich glaube, er hat gesagt, daß sein Vater meistens spät nach Hause kommt und seine Mutter manchmal abends arbeitet«, sagte Kirsty. »Die Ärztin meinte jedenfalls, daß er eigentlich in Ordnung ist, oder? Nur ein bißchen vernachlässigt, hat sie gesagt. Was war das für ein Zeug, das sie ihm gegeben hat?«

»Sie meinte, daß er danach gut schlafen würde. Er bekommt nicht genug Schlaf. Zwölfjährige Jungs brauchen eine Menge Schlaf.«

»Der ganz bestimmt, das weiß ich«, sagte Kirsty.

»Und du hast gesagt, daß er nicht richtig ißt. Woher kennst du ihn überhaupt?«

»Äh«, begann Kirsty und grinste im Stillen. »Von unterwegs.«

Kirstys Mutter sah sie besorgt an.

»Bist du sicher, daß er noch ganz da ist?«

»Er ist ganz da«, sagte Kirsty, während sie die Treppe hochging. »Ich bin mir nicht sicher, ob er ganz *hier* ist, aber er ist mit Sicherheit ganz da.«

Sie öffnete die Tür des Gästezimmers und warf einen Blick hinein. Johnny schlief tief und fest im Schlafanzug ihres Bruders. Er sah sehr jung aus. Es war verblüffend, wie jung ein Zwölfjähriger wirkte, wenn man dreizehn war.

Dann ging sie in ihr eigenes Zimmer, zog sich aus und schlüpfte ins Bett.

Es war noch ziemlich früh, aber es war ein anstrengender Abend gewesen.

Er war ein Verlierer. Das konnte man sehen. Er *kleidete* sich wie ein Verlierer. Ein Zauderer. Einer, der die ganze Zeit »äh« sagte und der so durchs Leben schlich, daß er möglichst nicht bemerkt wurde.

Das hatte sie nie getan. Sie war immer so durchs Leben gegangen, als würde ein dicker, roter Pfeil über dem Planeten stets ihren genauen Standort markieren.

Andererseits gab er sich solche Mühe...

Sie ging jede Wette ein, daß er geweint hatte, als E. T. starb.

Sie stützte sich auf den Ellbogen und starrte auf ihre Filmplakate.

Sich *bemühen* reichte nicht.

Man mußte gewinnen. Was hatte man denn davon, wenn man nicht gewann?

»Wie ... steckengeblieben? Du bist eine *Außerirdische*«, sagte Johnny. »Außerirdische bleiben nicht in Luftkanälen stecken. Das ist sozusagen eine allgemein bekannte Tatsache.«

Er kroch rückwärts in einen Seitentunnel und drehte um.

»Tut mir leid. Mir scheint, daß ich zu der falschen Art von Außerirdischen gehöre«, sagte der Captain. »Ich kann zurück, aber vorwärts bin ich leider verhindert.«

»Okay. Dann beweg dich rückwärts zu der zweiten

Kreuzung, die wir grade passiert haben«, sagte Johnny. »Wir wissen sowieso nicht mehr, wo wir sind.«

»Doch«, sagte der Captain. »Ich weiß, wo wir sind. Hier steht's: Abzweig ⊨ ⊋ ϴ.«

»Weißt du, wo das ist?«

»Nein.«

»Ich hab mal einen Film gesehen, in dem ein außerirdisches Wesen durch die Luftkanäle eines Raumschiffs gekrochen ist, und es wußte immer genau, wo es rauskommt«, sagte Johnny vorwurfsvoll.

»Dann hatte es zweifelsohne eine Karte«, sagte der Captain.

Johnny kroch um die Ecke und stieß auf ...

... ein weiteres Gitter.

Auf der anderen Seite des Gitters schien sich nichts zu tun. Er schraubte die Muttern los und ließ es auf den Boden fallen.

Johnny ließ sich hinabplumpsen und landete in einem Korridor, dann drehte er sich um und half dem Captain durch die Öffnung. ScreeWee stammten von Krokodilen ab, und Krokodile bevorzugten nun mal Sandbänke. Sie waren nicht dazu geeignet, durch enge Öffnungen zu kriechen.

Ihre Haut fühlte sich kalt und trocken an, wie Seide.

Es waren keine anderen ScreeWee in der Nähe.

»Die sind wahrscheinlich auf ihren Kampfposten«, sagte Johnny.

»Wir sind *immer* auf unseren Kampfposten«, sagte der

Captain traurig, während sie den Staub von ihren Schuppen wischte. »Das hier ist Korridor . Jetzt müssen wir zur Brücke, ja?«

»Werden sie dich nicht einfach wieder einschließen?« fragte Johnny.

»Ich glaube nicht. Ungehorsam gegenüber rechtmäßig konstituierten Autoritäten ist für ScreeWee ganz und gar untypisch. Der Artillerieoffizier ist einfach nur sehr ... überzeugend. Aber wenn sie erst mal sehen, daß ich wieder frei bin, werden sie schon nachgeben. Die meisten zumindest«, fügte der Captain hinzu. »Mit dem Artillerieoffizier könnte es allerdings Schwierigkeiten geben. Er träumt von Ruhm und Ehre.«

Sie watschelte ein Stück durch den nackten Korridor, wobei sie sich dicht an der Wand hielt. Johnny folgte ihr.

»Träume sind immer eine heikle Sache«, sagte er.

»Ja.«

»Aber sie werden schon aufwachen, wenn die Spieler wieder anfangen zu schießen, meinst du nicht? Dann sehen sie, was er ihnen eingebrockt hat.«

»Wir haben ein Stichwort«, sagte der Captain. »*Skeejeeshe-jweeJEEyee*. Es bedeutet ...«, sie dachte einen Moment lang nach, »wenn du ein *jee* reitest – ein sechsbeiniges, domestiziertes Lasttier, das in der Lage ist, simple Instruktionen zu befolgen, aber auch als traditionell übellaunig gilt –, dann ist es leichter, drauf sitzenzubleiben als abzusteigen. Oder: Besser, du vertraust dich einem *jee* an, als den Angriff eines *JEEyee* zu riskieren, das allemal schneller ist als ein ScreeWee zu Fuß. Natürlich klingt es in unserer Sprache ein bißchen bissiger.«

Sie kamen an eine Biegung. Der Captain warf einen Blick um die Ecke und zog dann schnell den Kopf zurück.

»Da steht eine Wache vor der Tür meiner Kabine«, sagte sie. »Sie ist bewaffnet.«

»Kannst du mit ihr reden?«

»Sie hat ihre Befehle. Ich fürchte, daß ich nicht weiter käme als ›Aaargh!‹«, sagte der Captain. »Aber bitte, du kannst es gerne probieren. Mir bleibt keine andere Wahl.«

Was soll's – man stirbt nur ein paar hundert Tode, dachte Johnny. Er trat hinaus in den Korridor.

Die Wache drehte sich zu ihm um und hob etwas halb hoch, das irgendwie zusammengeschmolzen aussah und dennoch ganz deutlich das Etikett »Waffe« trug. Sie sah ihn verwirrt an.

Sie hat noch nie einen Menschen gesehen, dachte er.

Er breitete unschuldig die Arme aus und lächelte, in der Hoffnung, völlig harmlos zu wirken.

Was wieder einmal beweist, daß man nichts als selbstverständlich voraussetzen kann, denn wie ihm der Captain später erklärte, tun die ScreeWee zwei Dinge, wenn sie kampfbereit sind: Sie breiten die vorderen Armpaare aus (um zu greifen und zu würgen) und entblößen ihre Zähne (um zu beißen).

Die Wache richtete die Waffe auf ihn.

Dann wurde plötzlich laut gegen die Innenseite der Kabinentür gehämmert.

Die Wache beging einen simplen Fehler. Sie hätte das Klopfen ignorieren sollen, so laut und verzweifelt es auch klang, um Johnny im Auge zu behalten. Sie versuchte, mit der Waffe weiterhin in seine Richtung zu zielen, während sie auf einen Schalter neben der Tür drückte. Immerhin, schließlich konnte es nur der Captain sein, richtig? Und der Captain war immer noch der Captain, auch wenn sie unter Arrest stand. Sie würde einfach beide im Auge behalten . . .

Die Tür öffnete sich einen Spaltbreit. Ein Fuß schnellte heraus und hoch und traf die Wache direkt unter der Schnauze. Sie hörten ein *Klick*, als alle ihre Zähne aufeinanderstießen, dann verdrehte sie die Augen.

Jemand brüllte »Haiii!«

Die Wache torkelte rückwärts in den Korridor. Dann kam Kirsty durch die Tür *geflogen* und fing an, die Arme der Wache mit ihren Handkanten zu bearbeiten. Sie ließ die Waffe fallen. Kirsty hob sie in Sekundenschnelle auf. Die Wache öffnete den Mund, um zu beißen, breitete die Arme aus, um zu greifen und zu würgen, und begann dann plötzlich zu schielen, weil Kirsty ihr den Lauf der Waffe zwischen die Zähne gerammt hatte.

»Nicht . . . schlucken!« sagte Kirsty betont langsam.

Dann herrschte eine plötzliche und fast hörbare Stille. Die Wache blieb ganz ruhig stehen.

»Das ist eine Freundin von mir«, sagte Johnny.

»O ja«, sagte der Captain. »Sigourney. Eine eurer Kriegerinnen. Ist sie auch meine Freundin?«

»Im Moment ja«, sagte Sigourney, ohne den Kopf zu

bewegen. Sie hatte sich einen der Gurte vom Bett des Captains um die Stirn gebunden. Sie atmete schwer. Ihre Augen funkelten wild. Johnny fühlte plötzlich großes Mitleid mit der Wache.

»Weißt du, ich bin *froh,* daß sie meine Freundin ist«, sagte der Captain.

»Ee ee ogg ee?« sagte die Wache. Ihre Arme zitterten. ScreeWee schwitzten nicht, aber diese hätte es sicherlich mit Freude getan.

»Am besten, wir fesseln sie und schließen sie in der Kabine ein«, sagte Johnny.

»Ees!« sagte die Wache.

»Ich kann einfach abdrücken«, sagte Sigourney mit sehnsüchtiger Stimme.

»Nein!« riefen Johnny und der Captain wie aus einem Mund.

»Eep!« sagte die Wache.

»Okay, wie ihr wollt«, sagte Sigourney und lockerte ihre angespannte Haltung. Die Wache sackte zusammen.

»Tut mir leid, daß ich so spät komme«, sagte Sigourney. »Ich hatte Probleme mit dem Einschlafen.«

Der Captain sagte etwas auf ScreeWee zu der Wache. Sie nickte auf eine merkwürdig menschliche Weise und trottete dann gehorsam in die Kabine, wo sie sich genauso gehorsam aufs Bett hockte und sich die Hände und Füße mit den restlichen Gurten fesseln ließ.

»Ich nehme an, du hast auch den schwarzen Gürtel in Karate«, sagte Johnny.

»Nur den violetten«, sagte sie. »Aber ich mach's noch nicht lange«, fügte sie schnell hinzu. »Ha! Ist das die einzige Art von Knoten, die du drauf hast?«

»Ich bin mal mit Bigmac zum Karate gegangen«, sagte Johnny und versuchte, ihre Kritik zu ignorieren.

»Was ist passiert?«

»Ich bin mit dem Fuß in der Hose hängengeblieben.«

»Und *du* willst der Auserwählte sein! Ha! Sie hätten *mich* nehmen können!«

»Sie haben es versucht. Aber *ich* war derjenige, der zugehört hat«, sagte Johnny ruhig.

Sigourney hob die Waffe auf.

»Jetzt bin ich ja bei euch«, sagte sie. »Und bereit, es denen mal richtig zu zeigen.«

»Denen was zu zeigen?« sagte Johnny schlaff. Eigentlich haßte er diese Phrase. Es war ein dummer Spruch, der einen darüber hinwegtäuschen sollte, daß es echte Menschen waren, die mit echten Kugeln erschossen wurden.

Sigourney schnaubte.

»Idiot.«

Sie gingen zurück in den Korridor.

»Übrigens«, sagte Johnny, »was ist eigentlich mit mir passiert?«

»Du bist einfach zusammengebrochen. Mitten im Zimmer. Neben uns wohnt eine Ärztin. Meine Mutter hat sie rübergeholt. Ungewöhnlich clever von meiner Mutter, wirklich. Die Ärztin meinte, du wärst nur völlig übermüdet und würdest aussehen, als ob du nicht richtig ißt.«

»Das stimmt«, sagte der Captain. »Hab ich's nicht gesagt? Zu viel Zucker und Kohlehydrate, nicht genug frische Vitamine. Du solltest öfter rausgehen.«

»Ja, genau«, sagte Johnny.

Der Korridor sah plötzlich irgendwie anders aus. Vorher war er aus grauem Metall gewesen, nur interessant für jene, die sich gerne Schrauben und Nieten anschauten. Aber jezt war er dunkler und kurviger; die Wände glänzten und trieften vor Bedrohlichkeit. Oder was auch immer. Irgendwas sickerte jedenfalls durch die Ritzen.

Der Captain sah auch anders aus. Sie hatte sich nicht wirklich verändert – nur daß ihre Zähne und Klauen irgendwie offensichtlicher geworden waren. Vor ein paar Minuten war sie noch eine intelligente Person gewesen, bei der es sich zufällig um ein achtbeiniges Krokodil handelte; jetzt war sie ein achtbeiniges Krokodil, das zufälligerweise Intelligenz besaß.

Alles im Spiel veränderte sich, jetzt, da zwei Leute einen Traum teilten.

»Warte mal, da ist . . .«, begann Johnny.

»Laßt uns nicht rumtrödeln«, sagte Sigourney.

»Aber du . . .« begann Johnny wieder.

Träumst es falsch, beendete er den Satz im stillen.

Das ist *wirklich* verrückt, sagte er sich, während er hinter den anderen herlief. Zu Hause war Kirsty ganz Miss Brain. Und hier war alles nur: Tu mir einen Gefallen – leck mich am Arsch.

Der Captain watschelte mit Höchstgeschwindigkeit die

Korridore entlang. Jetzt strömte Dampf von irgendwoher und machte den Boden neblig und feucht.

Da war nicht viel in so einem ScreeWee-Schiff. Vielleicht hätten sie sich hinsetzen sollen, um das Innere ein bißchen detaillierter auszuarbeiten, bevor sie es träumten, dachte er. Sie hätten mehr Kabinen hinzufügen können und große Monitore und ähnlich interessante Dinge. Aber alles, was es hier zu geben schien, waren diese gewundenen Korridore, die ihn auf unangenehme Weise an Höhlen erinnerten.

Größere Höhlen allerdings, denn allmählich wurden sie breiter. Geheimnisvolle Gänge führten in unterschiedliche Richtungen.

Sigourney schlich voran mit dem Rücken zur Wand und wirbelte jedesmal abrupt herum, wenn sie an einen anderen Abzweig kamen. Sie versteifte sich.

»Da kommt noch einer!« zischte sie. »Er schiebt was vor sich her! Zurück!«

Sie schob sie mit dem Ellbogen gegen die Wand. Johnny hörte das Kratzen der Klauen auf dem Fußboden und ein Klappern.

»Wenn er näher kommt, schnapp ich ihn mir. Ich stürze mich drauf und ...«

Johnny sah vorsichtig um die Ecke.

»Kirsty?«

Sie reagierte nicht.

»Sigourney?« sagte er daraufhin.

»Ja?«

»Ich weiß, daß du dich draufstürzen wirst«, sagte Johnny, »aber drück nicht ab, okay?«

»Das ist ein *Außerirdischer!*«

»Dann ist es eben einer. Du mußt sie trotzdem nicht alle erschießen.«

Das Klappern kam näher. Jetzt war auch ein leises Quietschen zu hören. Sigourney umklammerte aufgeregt ihre Waffe und stürzte aus ihrer Deckung.

»Okay, *du* / oh . . . äh . . .«

Es war eine sehr kleine ScreeWee. Die meisten Schuppen waren schon grau. Der Schwanz hing schlaff herab. Als sie den Mund öffnete, waren noch ganze drei Zähne übrig, und die hatten sich im hintersten Winkel verkrochen.

Sie blinzelte sie verängstigt über den Wagen hinweg an, den sie vor sich hergeschoben hatte. Abgesehen von anderen Peinlichkeiten, hatte Kirsty mit ihrer Waffe einen halben Meter zu weit nach oben gezielt.

Es herrschte betretenes Schweigen.

»Um diese Zeit«, sagte der Captain hinter ihnen, »läßt sich die Mannschaft auf der Brücke immer einen Imbiß bringen.«

Johnny beugte sich vor, nickte der kleinen alten Außerirdischen zu und hob den Deckel von dem Tablett, das auf dem Wagen stand. Darunter befanden sich ein paar Schüsseln mit etwas Grünlichem, das vor sich hinblubberte. Behutsam schloß er den Deckel.

»Ich glaube, du hättest beinahe die Teedame umgebracht«, sagte er.

»Woher sollte ich das wissen?« fragte Kirsty. »Es hätte alles sein können! Das hier ist ein außerirdisches Raumschiff! Hier dürfte es keine *Teedamen* geben!«

Der Captain sagte etwas auf ScreeWee zu der kleinen alten Außerirdischen, die sich daraufhin langsam umdrehte und den Korridor in die Richtung zurückschlurfte, aus der sie gekommen war. Eines der Wagenräder quietschte wieder.

Kirsty war wütend.

»Das ist nicht so, wie es sein sollte!« zischte sie.

»Komm«, sagte Johnny. »Laß uns zur Brücke gehen und es hinter uns bringen.«

»Ich *wußte* nicht, daß es die Teedame war! Das hast *du* geträumt!«

»Ja, ist ja schon gut.«

»Sie hatte kein Recht, hier aufzutauchen!«

»Ich schätze, daß selbst Außerirdische nachmittags eine kleine Erfrischung gebrauchen können.«

»Das meine ich nicht! Es sollten *Außerirdische* sein! Und das bedeutet Schaum vor dem Mund und Klauen! Keine alten Damen, die . . . Kaffee und Marmeladentoasts servieren!«

»Die Dinge sind so, wie sie sind«, sagte Johnny achselzuckend.

Sie kehrte ihm den Rücken zu.

»Warum nimmst du einfach alles so hin? Warum versuchst du nie, die Dinge zu *ändern?*«

»Weil sie so schon schlimm genug sind«, sagte er.

Sie machte einen Satz nach vorn und spähte um die Ecke.

»Wachen!« sagte sie. »Und die hier haben Waffen!«

Johnny warf einen Blick um die Ecke. Da standen zwei ScreeWee vor einer runden Tür. Sie waren in der Tat bewaffnet.

»Zufrieden?« schnappte sie. »Keine Anzeichen von Teegebäck irgendwo? Alles klar? Kann ich jetzt endlich mal was abschießen?«

»Nein! Ich hab's dir doch schon gesagt! Du mußt ihnen eine Chance lassen, sich zu ergeben!«

»Du mußt immer alles komplizieren!«

Sie hob die Waffe und trat in den Gang.

Der Captain folgte ihr und zischte ein Wort auf ScreeWee. Die Wachen blickten von ihr zu Kirsty, die mit verengten Augen über den Lauf ihrer Waffe starrte. Eine der Wachen zischte etwas.

»Sie sagt, der Artillerieoffizier hat ihnen den Befehl erteilt, jeden zu erschießen, der sich der Tür nähert«, übersetzt der Captain.

»Ich schieße, wenn sie sich bewegen«, sagte Kirsty. »Ich mein's ernst!«

Der Captain sagte wieder etwas auf ScreeWee. Die Wachen starrten Johnny an. Sie senkten ihre Waffen.

Er ahnte etwas.

»Was hast du ihnen grade gesagt?« fragte er.

»Ich habe ihnen nur gesagt, wer du bist«, antwortete der Captain.

»Du hast ihnen gesagt, daß ich der Auserwählte bin?«

Eine der Wachen versuchte niederzuknien. Das wirkte sehr komisch bei einem Wesen mit vier Beinen.

Kirsty rollte mit den Augen.

»Das ist besser, als wenn jemand auf einen schießt«, sagte der Captain.

»Auf mich ist schon viel geschossen worden. Ich weiß, wovon ich rede.«

»Sag ihr, daß sie aufstehen soll«, sagte Johnny. »Was machen wir jetzt? Wer ist auf der Brücke?«

»Die meisten der Offiziere«, sagte der Captain. »Die Wache sagt, es hätte eine Auseinandersetzung gegeben. Schüsse.«

»Das ist schon eher nach meinem Geschmack!« sagte Kirsty.

Sie blickten zur Tür.

»Okay«, sagte Johnny. »Gehen wir . . .«

Der Captain gab der einen Wache ein Zeichen, daß sie zur Seite treten solle, und berührte dann eine Tafel neben der Tür.

Menschen!

Johnny erfaßte alles in einer langen, langen Sekunde.

Zuerst stellte er fest, daß die Brücke *groß* war. Sie schien die Ausmaße eines Fußballfelds zu haben. Und an dem einen Ende befand sich ein Bildschirm, der fast ebensogroß war. Er fühlte sich wie eine Ameise vor dem Fernseher.

Der Bildschirm war mit grünen Punkten übersät.

Spieler. Auf ihrem Weg zur Flotte.

Es waren Hunderte.

Direkt vor dem Bildschirm befand sich ein hufeisenförmiges Kontrollpult mit wiederum zwölf Sitzen davor.

Hier ist es also, dachte er. Immer wenn ich auf meinem Zimmer war und gespielt habe, hockten sie in diesem großen, düsteren Raum, steuerten ihre Schiffe und feuerten zurück ...

Nur ein Sitz war jetzt besetzt. Sein Inhaber erhob sich bereits mit einer halben Drehung in ihre Richtung und griff nach etwas ...

»Nur zu«, sagte Kirsty. »Mach mich glücklich!«

Der Artillerieoffizier blieb wie angewurzelt stehen und funkelte sie an.

»Zu spät«, sagte er. »Ihr kommt zu spät!« Er zeigte mit

einer Klaue auf den Bildschirm. »Ich habe uns dahin zurückgebracht, wo wir hingehören. Jetzt bleibt keine Zeit, wieder umzukehren. Jetzt *müßt* ihr kämpfen!«

Er fixierte Johnny. »Was ist *das?*« sagte er.

»Der Auserwählte«, sagte der Captain, während sie langsam nach vorn ging. Die anderen folgten ihr.

»Aber wir *müssen* kämpfen«, sagte der Artillerieoffizier. »Um unsere Ehre. Um die Ehre aller ScreeWee! Dazu sind wir *da!*«

Johnny berührte etwas mit dem Fuß. Er blickte nach unten. Jetzt, wo sich seine Augen an die Dunkelheit gewöhnt hatten, sah er, daß er fast über eine ScreeWee gestolpert wäre. Sie war tot. Nichts mit einem so großen Loch im Körper hätte noch leben können.

Kirsty blickte ebenfalls nach unten. Johnny sah die Umrisse weiterer ScreeWee am Boden.

»Er hat alle Scr . . . Leute umgebracht«, flüsterte er.

Wenn man sie im All oder auf dem Bildschirm erschoß, sah man bloß eine Explosion und fünf Punkte auf der Spielstandsanzeige. Wenn sie aber aus wenigen Metern Entfernung erschossen wurden, waren sie eine eindringliche Erinnerung daran, daß jemand, der vor kurzem noch gelebt hatte, jetzt unwiderruflich nicht mehr lebte. Und es niemals mehr tun würde.

Er blickte zu dem Artillerieoffizier hoch. ScreeWee waren Kaltblüter und weit davon entfernt, menschlich zu sein, aber *dieser* hier hatte etwas an sich, das auf schleichenden Wahnsinn hindeutete.

Seine Schuppen hatten einen silbrigen Schimmer. Johnny fragte sich, ob die ScreeWee ihre Farbe änderten wie Chamäleons. Der Captain hatte immer einen eher goldenen Schimmer gehabt, wenn sie normal reagierte, und einen fast gelben, wenn sie beunruhigt war ...

Ihre Schuppen hatten jetzt die Farbe einer Zitrone.

Sie zischte etwas. Die Wachen warfen ihr einen überraschten Blick zu, machten jedoch kehrt und verließen gehorsam die Brücke. Dann drehte sie sich wieder zu dem Artillerieoffizier um.

»Du hast sie alle umgebracht?« sagte sie leise.

»Sie haben versucht, mich aufzuhalten! Es ist eine Frage der Ehre!«

»Ja, ja. Das sehe ich«, sagte der Captain mit monotoner Stimme. Sie veränderte leicht ihre Stellung und bewegte sich von den Menschen weg.

»Ein ScreeWee stirbt im Kampf oder überhaupt nicht!« brüllte der Artillerieoffizier.

Die Schuppen des Captains waren jetzt zu der Farbe vergilbten Papiers verblaßt.

»Ja. Ich verstehe, ich verstehe«, sagte sie. »Und die Menschen verstehen es auch, *nicht wahr?*«

Der Artillerieoffizier drehte den Kopf.

Der Captain breitete die Arme aus, öffnete den Mund und sprang. Der Artillerieoffizier mußte es gespürt haben, denn er wirbelte herum, und seine Klauen peitschten durch die Luft.

Johnny streckte den Arm aus und drückte den Lauf der

Waffe nach unten, mit der Kirsty gerade im Begriff war, auf den Artillerieoffizier zu zielen.

»Nicht! Du könntest den Captain treffen!«

»Warum hat sie das getan? Ich hätte ihn doch erschießen können! Oder die Wachen hätten das erledigt! Warum springt sie ihn einfach so an?«

Die beiden Kämpfer waren ein wirbelnder Haufen aus Klauen und Schwänzen.

»Das ist eine persönliche Sache. Ich glaube, sie haßt ihn zu sehr«, sagte er. »Aber sieh mal auf den Bildschirm!«

Da waren noch mehr grüne Punkte. Rote Symbole, die für einen ScreeWee Bedeutung haben mochten, liefen über den Rand des Bildschirms, und zwar so schnell, daß kein Mensch sie lesen konnte.

Er warf einen Blick auf die Kontrollen.

»Sie kommen näher! Wir müssen etwas unternehmen!«

Kirsty starrte jetzt ebenfalls auf die Kontrollen. Die Sitze waren für ScreeWee gemacht. Dasselbe galt für die Kontrollen.

»Weißt *du* vielleicht, was ⊙ ∇ ∺ ∓ ≧ bedeutet?« fragte sie. »Schnell? Langsam? Zigarettenanzünder?«

Die beiden Kämpfer hatten sich voneinander gelöst und umkreisten sich zischend. Das grüne und rote Licht vom Bildschirm warf unheimliche Schatten in den Raum.

Keiner der beiden ScreeWee schenkte den Menschen auch nur die geringste Beachtung. Sie konnten es nicht riskieren. ScreeWee watschelten wie Enten und sahen aus wie die Karikatur eines Krokodils, aber sie kämpften wie Katzen – sie beobachteten und umkreisten sich fauchend und stürzten sich unvermittelt in kurzen, grausamen Attacken aufeinander.

Auf der Kontrolltafel begann ein Licht zu blinken, und ein Alarm ging los. Er klingelte auf ScreeWee, aber es klang trotzdem ziemlich dringlich, selbst in der menschlichen Sprache.

Der Captain wirbelte herum. Der Artillerieoffizier machte einen Satz zurück, landete mit rennenden Füßen am Boden, lief zur Tür und war im Nu verschwunden.

»Er kann nirgends entwischen«, sagte der Captain, während sie ans Kontrollpult humpelte. »Ich . . . werde mich später um ihn kümmern . . .«

»Du hast ein paar üble Kratzer abgekriegt«, sagte Kirsty. Das Blut der ScreeWee war blau. »Ich kenne ein paar Erste-Hilfe . . .«

»Eine Menge, schätze ich«, sagte Johnny.

»Aber nicht für ScreeWee, befürchte ich«, sagte der Captain. Sie atmete schwer. Eines ihrer Beine schien nicht mehr im richtigen Winkel zum Körper zu stehen. Blaue Wunden bedeckten ihren Schwanz.

»Du hättest ihn einfach erschießen können«, sagte Kirsty. »Es war dumm, so mit ihm zu kämpfen.«

»Ehrensache!« knurrte der Captain. Sie betätigte einen Schalter mit einer Klaue und zischte ein paar Instruktionen auf ScreeWee. »Aber er hatte recht, traurigerweise. Man kann die Natur der ScreeWee nicht ändern. Es ist unser

Schicksal, zu kämpfen und zu sterben. Es war dumm von mir, etwas anderes zu denken.«

Sie blinzelte.

»Zieh dein Hemd aus«, befahl Kirsty.

»Was?« sagte Johnny.

»Dein Hemd! Dein Hemd! Sieh sie dir an! Sie verliert Blut! Sie muß verbunden werden!«

Johnny gehorchte widerwillig.

»Wie, du trägst ein Unterhemd? Nur Opas tragen Unterhemden. Igitt. Wäschst du deine Sachen eigentlich nie?«

Doch, das tat er, manchmal. Und hin und wieder erlag seine Mutter einem Anfall von Mütterlichkeit, dann wurde alles im Haus gewaschen. Aber normalerweise benutzte er die Wäschekorb-Technik, die darin bestand, daß man so lange im Wäschekorb herumwühlte, bis man etwas fand, das nicht ganz so schlimm aussah.

»Aber sie hat gesagt, daß du nichts über ScreeWee-Medizin weißt«, sagte er.

»Na und? Auch wenn es blau ist, Blut ist Blut. Und man sollte dafür sorgen, daß es drinnenbleibt.«

Kirsty half dem Captain zu einem der Sitze. Sie schwankte ein bißchen, und ihre inzwischen weißen Schuppen waren blau verschmiert.

»Kann ich irgendwas tun?« fragte Johnny.

Kirsty warf ihm einen Blick zu. »Ich weiß nicht«, sagte sie. »Gibt es überhaupt *irgend etwas,* was du kannst?«

Sie wandte sich wieder dem Captain zu.

Wir werden alle sterben, dachte Johnny. Sie sind alle da draußen und warten. Und ich stehe hier am Pult des Kontrollschiffs. Wir können jetzt nicht mehr umkehren. Und ich kann nicht mal die Kontrollen lesen!

Ich habe alles falsch gemacht. Es war alles so einfach, und jetzt ist alles kompliziert.

Man überlegt, was man im Traum tun kann, aber dann kommt es doch immer wieder ganz anders, als man gedacht hat. Wenn die Leute von Träumen reden, dann meinen sie *Tag*träume. In denen ist man Superman oder wer auch immer. Da kann man alles gewinnen. In echten Träumen ist alles sehr merkwürdig. Ich befinde mich jetzt in einem Traum. Oder so was Ähnlichem. Und wenn ich aufwache, sind alle ScreeWee wieder im Spiel und werden beschossen, genau wie bei den Space Invaders.

Moment mal . . .

Moment mal . . .

Er starrte wieder auf die rätselhaften Kontrollen.

Über einer der Kontrollen bildeten die Symbole ≙ ʘ ♃ ≎ ¬ allmählich das Wort »Hauptantrieb«.

Das ist auch *meine* Welt. Sie ist in meinem Kopf.

Er schaute hoch auf den großen Bildschirm.

Alle waren wieder da. Alle waren sie da draußen und warteten. Im ganzen Land, in ihren Zimmern, vor ihren Computern. Zwischen *Cobbers* und den Schularbeiten.

Alle warteten mit ihren Fingern auf den Abzügen, und jeder dachte, er sei der einzige . . .

Alle da, direkt vor *meiner* Nase . . .

»Mit so was hab ich nicht gerechnet«, sagte Kirsty hinter ihm. »Ich hätte nie gedacht, daß ich Außerirdische verbinden muß. Halt die Klaue auf den Knoten, bitte. Wie hoch geht euer Puls?«

»Ich glaube, wir haben keinen«, sagte der Captain.

Das Schiff donnerte.

Das entfernte Brummen der Motoren wurde plötzlich zu einem Dröhnen.

Die Sitze hatten Beulen, wo Menschen keine Beulen erwarten würden. Johnny saß im Schneidersitz auf einem davon, beide Hände an den Kontrollen, das Gesicht bunt gefleckt von den Lichtern des Bildschirms.

Kirsty tippte ihm auf die Schulter. »Was *tust* du da?«

»Fliegen«, sagte Johnny, ohne sich umzudrehen.

»Er hat gesagt, es ist zu spät zum Umkehren.«

»Ich kehre nicht um.«

»Du weißt doch gar nicht, wie man eins von diesen Dingern fliegt!«

»Ich fliege nicht eins von diesen Dingern. Ich fliege die ganze Flotte.«

»Aber du kannst die Instrumente nicht lesen!«

Grünes und rotes Licht huschte über sein Gesicht, als er sich zu ihr umdrehte.

»Weißt du, alle wollen mir was erzählen. Andauernd«, sagte er. »Aber jetzt hör ich einfach nicht zu. Ich kann die Instrumente lesen. Warum nicht? Sie sind schließlich in meinem Kopf. Jetzt setz dich endlich. Und hör auf, mit mir zu reden, als ob ich blöd wäre.«

Sie setzte sich, vom Klang seiner Stimme wie hypnotisiert.

»Aber *wie* . . .«

»Da ist eine Vorrichtung, mit der dieses Schiff auch alle anderen steuern kann. Sie benutzen das System auf langen Flügen.« Er legte einen Schalter um. »Und ich fliege sie, so schnell ich kann. Ich glaube nicht, daß es noch schneller geht. Alle Zeiger sind im ⑊ ℏ ⊗ – das ist ScreeWee für ›rot‹.«

»Aber du fliegst direkt auf die Spieler zu!«

»Ich muß. Ich hab keine Zeit zum Wenden mehr . . .«

Wobbler hatte ein Pin-up über seinem Bett hängen. Es war die Nahaufnahme von einem Intel-80586-75-Mikroprozessor, durch ein Mikroskop gesehen; es sah aus wie die Straßenkarte einer sehr komplizierten, modernen Stadt. Sein Großvater meinte, das sei äußerst ungesund, und fand, daß er sich lieber ein Poster von *Giggles und Garters* an die Wand hängen sollte. Aber Wobbler hatte eine Vision: Eines Tages, wenn er seinen Mathe-Leistungskurs bestanden hatte und einen heißen Lötkolben ohne Nachdenken am richtigen Ende anfassen konnte, dann würde er eine große Persönlickeit in der Computerbranche werden. Die Nummer eins unter den Programmierern, die Haare zu einem Pferdeschwanz zusammengebunden, wie es in diesen Kreisen angesagt war. Es war ihm auch egal, wenn Yo-less sagte, daß die Branche heutzutage von Männern in Anzügen beherrscht wurde. Eines Tages würde die Welt von Wobbler

Johnson hören – wahrscheinlich über eine Telefonleitung, von der sie nicht einmal wußten, daß sie an ihre Computer angeschlossen war.

In der Zwischenzeit starrte er angestrengt auf ganze Spalten von Zahlen, um eine absolut illegale Kopie von *Mr. Bunky Goes Boing* zu machen. Das Spiel hatte vier Sterne bekommen und war als »supergeil!!!« eingestuft worden, was für das *Splaaaaattttt!*-Magazin »ziemlich gut« bedeutete, wenn man unter sechzehn war.

Er blickte auf den Bildschirm, blinzelte und verteilte den Schmier auf seinen Brillengläsern ein bißchen gleichmäßiger.

Er lehnte sich zurück, und sein Blick fiel auf eine Kopie von *Nur du kannst die Menschheit retten*, die unter einem Stapel anderer Disketten lag.

Armer, alter Johnny. Natürlich bezeichnete man ständig andere Leute als verrückt, aber er hatte tatsächlich etwas Merkwürdiges an sich. Sein Körper lief auf der Erde herum, aber sein Geist schien an irgendeinem Ort zu sein, den man bestimmt nicht im Atlas fand.

Wobbler schob die Disketten ins Laufwerk. Komisch, die Sache mit dem Spiel. Wahrscheinlich gab es irgendeine logische Erklärung dafür. Wenn man anfing, etwas anderes zu glauben, war man in Schwierigkeiten.

Der Titel wurde eingeblendet, dann kam der Vorspann, den Gobi Software von *Krieg der Sterne* geklaut hatte, und dann . . .

Sein Unterkiefer klappte herunter.

Raumschiffe. Hunderte von ihnen. Sie wurden größer und größer. Gelbe Schiffe, die den Bildschirm füllten, so daß er nur noch schwarz und gelb war, jetzt nur noch gelb und dann blendend weiß...

Wobbler duckte sich.

Dann blickte er auf einen schwarzen Bildschirm.

Naja, fast schwarz.

Einen Moment lang hingen zwei Worte im All.

Hi, Wobbler.

Dann verschwanden sie wieder.

Noch mehr Alarmsysteme plärrten und heulten.

Kirsty blinzelte durch einen Spalt zwischen ihren Fingern.

»Ich glaube nicht, daß wir jemanden gerammt haben«, sagte Johnny, dessen Finger über die Tasten flogen.

»Du bist direkt durch sie durchgeflogen!«

»Stimmt!«

»Okay, aber sie werden immer noch hinter uns her sein.«

»Und *jetzt* drehen wir um. Es wird ein bißchen dauern. Wir geht's dem Captain?«

Ihre Klauen umklammerten seine Rückenlehne, und ihre Schnauze ruhte auf seiner Schulter.

»Das ist nicht gut«, sagte der Captain. »Unsere Motoren sind nicht dafür geschaffen, über längere Zeit auf Höchstgeschwindigkeit zu laufen. Sie können jeden Moment zusammenbrechen.«

»Das ist ein kalkuliertes Risiko«, sagte Johnny.

»Wirklich? Wie präzise hast du es denn kalkuliert?« fragte sie.

»Tja ... richtig *kalkuliert* hab ich's eigentlich nicht ... ich dachte nur, es könnte einen Versuch wert sein«, sagte Johnny.

»Du drehst wieder zurück zu den Spielern!«

»Und wir beschleunigen weiter«, sagte Johnny.

»Was hast du gerade eingetippt?« fragte Kirsty.

»Oh, nichts«, sagte Johnny. »Mir war nur so, als hätte ich da eben ein bekanntes Gesicht gesehen. Im Vorbeifliegen, weißt du.«

»Warum siehst du so gutgelaunt aus?« wollte sie wissen. »Wir haben schreckliche Probleme!«

»Weiß nicht. Vielleicht, weil es *meine* Probleme sind. Captain, warum sind die ganzen Lichter da drüben angegangen?«

»Das sind die Schiffe der Flotte«, sagte der Captain. »Die Kommandanten wollen wissen, was los ist.«

»Sag ihnen, daß sie sich festhalten sollen«, sagte Johnny. »Und sag ihnen ... daß sie nach Hause fliegen.«

Sie sahen ihn beide an.

»O ja, *sehr* beeindruckend«, sagte Kirsty. »*Sehr* dramatisch. Äußerst ...«

»Halt den Mund.«

»Was?«

»Halt den Mund«, wiederholte Johnny, ohne den Blick vom Bildschirm zu nehmen.

»Mir hat noch niemand gesagt, daß ich den Mund halten soll!«

»Dann sag ich's dir jetzt. Nur weil du einen Kopf wie ein *Hammer* hast, heißt das noch lange nicht, daß du alle anderen wie Nägel behandeln kannst. Paßt auf – hier kommen sie wieder...«

Wobbler nahm die Diskette aus dem Laufwerk und sah sie sich genau an. Dann fühlte er auf der Rückseite seines Computers nach, ob da irgendwelche zusätzlichen Kabel waren.

Dieser Johnny... er war einer von den stillen Typen. Er behauptete immer, daß er nichts von Computern wüßte, außer, wie man sie einschaltete. Aber *jeder* wußte über Computer Bescheid. Wahrscheinlich hatte er etwas mit dem Spiel angestellt und es dann zurückgegeben. Nicht schlecht, mein Freund. Wobbler fragte sich, wie er das gemacht hatte.

Er schob die Diskette wieder ins Laufwerk und startete das Spiel von neuem.

»Nur du kannst die Menschheit retten«... ja, ja.

Dann das Innere des Raumjägers. Raketen, Kanonen, Spielstand... ja, ja...

Und Sterne. Die glitzernden, die sie in jedem Spiel hatten. Er hatte für seine *Reise nach Alpha Centauri* viel bessere entworfen.

Keine Schiffe weit und breit.

Er nahm den Joystick, bewegte ihn und sah, wie die

Sterne sich veränderten, während sich das Schiff drehte . . .

Da war ein Schiff hinter ihm. Ziemlich dicht hinter ihm. Dutzende von Schiffen. *Hunderte* von Schiffen. Und alle wurden größer. Viel größer. Und das sehr schnell.

Sehr, sehr schnell.

Schon wieder!

Als er sich vom Boden hochrappelte und zurück auf seinen Stuhl kroch, war der Bildschirm wieder schwarz, bis auf den kleinen, blinkenden Cursor.

Wobbler starrte ihn an.

Logik, sagte er. Nicht an logische Gründe zu glauben war fast so schlimm, wie heißes Lötzinn auf Nylonsocken zu gießen. Es mußte eine logische Erklärung geben.

Eines Tages würde ihm eine einfallen.

»Sie verfolgen uns! Sie verfolgen uns!«

Kleine Rauchwölkchen stiegen vom Kontrollpunkt auf. Der Boden wurde von den unterschiedlichsten Vibrationen erschüttert.

»Ich bin mir sicher, daß wir sie abhängen können«, sagte Johnny.

»Wie sicher?« fragte Kirsty.

»Ziemlich sicher.«

Kirsty wandte sich an den Captain.

»Gibt es hier Heckkanonen?«

Der Captain nickte.

»Sie können von hier aus abgefeuert werden«, sagte sie.

»Aber wir sollten es nicht tun. Vergiß nicht, daß wir kapituliert haben.«

»*Ich* habe nicht kapituliert«, sagte Kirsty. »Mit welchem Schalter bediene ich die Kanonen?«

»Der Knüppel mit dem Knopf obendrauf.«

»Der hier? Der sieht ja genau aus wie ein Joystick«, sagte sie.

»*Natürlich*«, sagte Johnny. »Das spielt sich alles in unseren *Köpfen* ab, hast du das vergessen? Also müssen es Dinge sein, die wir *kennen*.«

Der Bildschirm gab einen Ausblick auf das, was hinter der Flotte lag. Haufenweise grüne Schiffe.

»Die fliegen direkt in Höhe unserer Schubdüsen«, sagte Kirsty. »Das wird das reinste Kinderspiel.«

»O ja, das wird es«, sagte Johnny.

Seine Stimme hatte einen bitteren Beiklang. Sie zögerte.

»Wie meinst du das?« fragte sie.

»Nichts als Punkte im Zentrum eines Fadenkreuzes«, sagte Johnny. »In der Tat ein Kinderspiel. Bumm. Höchste Punktzahl. Und noch mal bumm. Nur zu.«

»Aber wir sind im Computer! Das ist ein *Spiel!* Warum bist du so komisch? Das passiert doch nur auf dem Bildschirm.«

»Prima. Genau wie im richtigen Leben. Dann drück doch einfach auf den Knopf.«

Sie umklammerte den Knüppel. Dann zögerte sie wieder.

»Warum mußt du immer alles verderben?«

»Ich?« sagte Johnny scheinheilig. »Hör zu, wenn du doch nicht schießt, dann stell den Bildschirm jetzt bitte wieder auf das, was vor uns liegt, ja? Die Anzeige hier sagt, daß wir mit ⊨ ϴ pro φ ⋝ fliegen, und das ist ⚹ mal schneller, als wir fliegen dürften.«

»Und?«

»Nun, ich denke, es wäre nicht so schön, einen Asteroiden oder so was zu rammen. Falls du allerdings gerne wissen möchtest, wie man sich mit einem Durchmesser von fünf Meilen fühlt, dann schau nur weiter nach hinten.«

»Oh, *okay!*«

Sie stellte den Bildschirm um.

Und schnappte nach Luft.

Sie starrten auf die Weite des Weltraums vor ihnen und auf das, was sich in seiner Mitte befand.

»Was«, sagte Kirsty nach einer langen Pause, »ist *das?*«

Johnny lachte.

Er versuchte, sich zusammenzureißen, weil das Schiff wie unter Folter ächzte und knarrte, aber er konnte nicht anders. Vor Lachen liefen ihm Tränen über die Wangen. Hilflos schlug er mit der Hand auf das Kontrollpult, wobei er aus Versehen ein paar Lichter ein- und ausschaltete.

»Das ist die Grenze«, sagte der Captain.

»Ja«, sagte Johnny. »Natürlich.«

»Aber es ist . . .«, begann Kirsty.

»Genau«, sagte Johnny. »Die Grenze, siehst du? Dahinter sind sie in Sicherheit. Klar. *Niemand* überquert die Grenze. Jedenfalls keine Menschen!«

»Das kann doch nicht echt sein!«

»Wer weiß? Immerhin befinden wir uns in einem Spiel. Hier ist es wahrscheinlich was ganz Natürliches. Ich meine, wir haben das alle schon gesehen.«

»Aber es ist immer noch sehr weit entfernt«, sagte der Captain. »Ich fürchte, daß ...«

Irgendwo hinter sich hörten sie eine dumpfe Explosion.

»Raketen!« rief Kirsty. »Du hättest mich ...«

»Nein, hör mal«, sagte Johnny. *»Hör mal.«*

»Was denn? Ich kann nichts hören.«

»Genau. Es herrscht nämlich jede Menge Stille«, sagte Johnny. »Die Motoren sind stehengeblieben.«

»Wahrscheinlich geschmolzen«, sagte der Captain.

»Wir haben immer noch ... wie nennt man das ... Eigendynamik oder so was«, sagte Johnny. »Wir fliegen immer weiter, bis wir irgendwas treffen.«

»Oder irgendwas *uns* trifft«, sagte Kirsty.

Sie schaute wieder zur Grenze.

»Wie groß ist das Ding?« fragte sie.

»Es muß riesig sein«, sagte Johnny.

»Aber dahinter sind auch Sterne.«

»Aber nicht unsere. Ich hab's dir doch gesagt. Menschen können da nicht hin ...«

Sie sahen sich an.

»Was passiert denn dann«, begann Kirsty wie jemand, der mit seiner Zunge ein besonders übles Loch im Zahn erforscht, »mit Menschen, die sich in einem Schiff befinden, das die Grenze überquert?«

Sie drehten sich beide zum Captain um, die die Achseln zuckte.

»Mich dürft ihr nicht fragen«, sagte sie. »Es ist noch nie geschehen. Es ist unmöglich.«

Jetzt drehten sich alle drei zum Bildschirm und starrten wieder auf die Grenze.

»Bilde ich mir das nur ein?« fragte Kirsty. »Oder ist sie schon wieder ein bißchen größer geworden?«

Schweigen.

»Also«, sagte Johnny. »Was ist das Schlimmste, was uns passieren kann?«

Dann wünschte er, er hätte es nicht gesagt. Er erinnerte sich daran, wie er das allererste Mal dachte, es sei sein Wecker, der ihn da wach klingelte, um dann entsetzt festzustellen, daß es ihm gar nicht gestattet war, aufzuwachen.

»Wißt ihr, ich will es eigentlich gar nicht wissen«, fügte er hinzu.

»Ohne Motoren können wir das Schiff nicht wenden«, sagte der Captain. »Tut mir leid. Du warst zu versessen darauf, uns zu retten.«

»Es wird tatsächlich immer größer«, sagte Kirsty. »Man kann's sehen, wenn man sich auf die Sterne dahinter konzentriert.«

»Tut mir leid«, sagte der Captain wieder.

»Wenigstens werden's die ScreeWee schaffen«, sagte Johnny.

»Es tut mir so leid.«

Kirsty stand auf. »*Mir* nicht«, sagte sie. »Komm!«

Sie schnappte sich die Waffe und durchquerte entschlossen den düsteren Raum. Johnny rannte hinter ihr her.

»Und wo willst du hin?«

»Zur Notkapsel«, sagte sie.

»Zu welcher Notkapsel?«

»Ja, wirklich«, sagte der Captain, während sie ihnen hinterhertrippelte, »das frage ich mich auch. So etwas gibt es hier nicht.«

»Es wird eine geben, wenn wir das so wollen«, sagte Kirsty und öffnete die Tür. »Hast du nicht selbst gesagt, das Spiel würde aus Dingen bestehen, die wir kennen? Nun, ich *weiß*, daß sich die Notkapsel direkt unter dem Schiff befindet.«

»Aber . . .«

»Es ist genauso mein Traum wie deiner, stimmt's? Glaub mir. Da unten gibt es eine Notkapsel.« Ihre Augen hatten wieder dieses Funkeln. Sie warf sich die Waffe über die Schulter. »Ich *weiß* es«, sagte sie. »Ich war schon da.«

Er dachte an ihr Zimmer. Er konnte sich vorstellen, wie sie dort mit einem Haufen angespitzter Bleistifte saß und Supernoten für ihre Geschichtsaufgaben einheimste, während sie im Kopf Außerirdische jagte.

»Das verstehe ich nicht«, sagte der Captain.

Die Korridore waren voller Qualm. Das Schiff mochte die Grenze überqueren, aber es bedurfte einer Menge Reparaturen, bevor es jemals wieder zurückkehren würde.

»Äh«, sagte Johnny. »Das ist ein bißchen wie die Plastikfiguren in den Cornflakespackungen. Es ist sozusagen ein sehr ... äh ... menschlicher Einfall.«

Der Captain blieb in der Tür. Dann warf sie einen Blick zurück auf den Bildschirm.

»Wir kommen immer näher«, sagte sie. »Wenn ihr meint, daß es da unten so etwas wie eine Notkapsel gibt, dann müßt ihr jetzt gehen.«

»Komm schon!« sagte Kirsty.

»Äh ...« begann Johnny.

»Ich danke dir«, sagte der Captain feierlich.

»Eigentlich hab ich nicht viel getan«, sagte Johnny.

»Wer weiß? Du hast nie an dich selbst gedacht. Du hast versucht, Lösungen zu finden. Du hast Entscheidungen getroffen. Und ich eine gute Wahl.«

»Und jetzt müssen wir gehen!« sagte Kirsty.

»Vielleicht sehen wir uns wieder. Später. Wenn alles gut geht«, sagte der Captain. Sie nahm eine von Johnnys Händen zwischen zwei von ihren.

»Leb wohl«, sagte sie.

Kirsty packte Johnny bei der Schulter und zog ihn weiter.

»Nett, dich kennengelernt zu haben«, sagte sie zu der Außerirdischen. »War, hm ... interessant. Jetzt komm.«

Viele der Lichter waren ausgegangen. Die Korridore waren voller Nebel und verschwommener Umrisse. Kirsty lief voran und sprang von einem Schatten zum nächsten.

»Wir müssen nach unten«, rief sie über die Schulter. »Die Kapsel wird dort sein. Mach dir keine Sorgen!«

»Du fährst wirklich voll drauf ab, was?« sagte Johnny.

»Hier ist eine Rampe. Komm schon. Wir haben nicht mehr viel Zeit.«

Am Ende der Rampe befand sich ein Gang und eine weitere Rampe, die sich durch den Nebel nach unten schlängelte.

Sie führte in einen Raum, der noch größer war als die Brücke. Am hinteren Ende befand sich eine riesige Doppeltür. Unterschiedliche Kontrollen und Ausrüstungen säumten die Wände. Und dort, genau in der Mitte, stand ein kleines Schiff auf seinen drei Landebeinen. Es hatte etwas Gedrungenes und Massives.

»Da! Siehst du? Was hab ich dir gesagt?« sagte Kirsty triumphierend.

Johnny ging zu der nächsten Kontrolltafel und berührte sie. Sie klebte etwas. Johnny schaute auf seinen Finger.

»So lange kann es das noch nicht geben«, sagte er. »Die Farbe ist noch nicht mal trocken.«

In der Mitte der Kontrolltafel leuchtete ein Bildschirm auf und zeigte das Gesicht des Captains.

»Höchst interessant«, sagte sie. »Da werfe ich einen Blick auf meine Kontrollen und entdecke ein ganz neues Instrument. Ihr habt also eure Notkapsel gefunden?«

»Sieht so aus«, sagte Johnny.

»Wir haben noch zehn Minuten bis zur Grenze«, sagte der Captain. »Es bleibt also genug Zeit für euch.«

Hinter Johnny ertönte ein surrendes Geräusch. Die Gangway der Notkapsel wurde ausgefahren.

»Ich hab einen Schalter an einem der Landebeine gefunden«, sagte Kirsty.

Er ging zu ihr. Die Gangway hatte eine silbergraue Farbe. Sie schimmerte in dem dunstig blauen Licht, das aus dem Inneren der Kapsel strömte.

»Kannst du erraten, was ich gerade denke?« fragte Kirsty.

»Du denkst: Wir haben den Artillerieoffizier gar nicht mehr gesehen«, sagte Johnny. »Du denkst: Er wird irgendwo da drinnen sein und sich verstecken. Weil dieser Teil zu *deinem* Traum gehört, und deine Träume sind nun mal so.«

»Nur daß ich darauf vorbereitet bin, ihm zu begegnen«, sagte Sigourney. »Jetzt komm.«

Sie schob sich seitwärts in die Gangway hoch, wobei sie sich ständig mit kleinen aufgeregten Hüpfern in alle Richtungen drehte, um mit ihrer Waffe auf eventuell auftauchende Zähne zu zielen.

In der Kapsel gab es zwei Sitze vor einem sehr kleinen Kontrollpult. Dann gab es noch ein großes Fenster und eine Reihe kleinerer Schränke. Ansonsten war nicht viel zu sehen.

Kirsty zielte auf einen der Schränke und gab Johnny ein Zeichen, ihn zu öffnen. Sie hob die Waffe.

Er öffnete die Schranktür und sprang schnell zurück.

Kirsty jagte einem Stapel Konservendosen entsetzliche Angst ein.

Dann sah sie seinen Gesichtsausdruck.

»Immerhin hätte er da drin sein können«, sagte sie.

»Oh, sicher. Er hätte sich zwar die Arme und Beine abschneiden und sich ganz klein zusammenrollen müssen, aber zugegeben, er hätte da drin sein können.«

»Ha! Was für eine geistreiche Bemerkung!«

»Warum wirfst du nicht einen Blick unter die Sitzkissen? Es ist unglaublich, was sich da drunter oft abspielt.«

Kirsty versuchte, hinter dem Kontrollpult nachzustochern, ohne daß Johnny es merkte. Er merkte es.

»Vielleicht sehen Außerirdische nicht dieselben Filme wie wir«, sagte er.

»Schon gut, schon gut, brauchst nicht weiter drauf rumreiten«, knurrte sie. Sie warf einen Blick auf die Instrumente und drückte einen Knopf. Die Bordluke ging zu. Das Gesicht des Captains erschien auf einem kleinen Bildschirm in der Mitte der Kontrolltafel.

»Noch acht Minuten bis zur Grenze«, sagte sie.

»Alles klar«, sagte Kirsty. Sie fuhr mit der Hand unter ihr Sitzkissen und sah dann Johnnys Grinsen.

»Du siehst überall Außerirdische, was?« sagte er.

»Was soll das heißen?«

»Nichts. Nichts. Nur so eine Feststellung.«

Sie funkelte ihn an.

Es gab auch Sitzgurte. Sie legten sie an. Kirsty fing an, mit den Fingern auf dem Pult herumzutrommeln. Sie schien etwas zu suchen.

»Wie machen wir die Türen auf?« fragte Johnny.

»Okay, mal überlegen – er muß hier irgendwo sein.«

Sie drückte wieder auf einen Knopf, und hinter ihnen wurde surrend die Gangway eingefahren.

Johnny sah sich um. Es gab wirklich nichts, wo sich jemand hätte verstecken können. Sie waren an Bord der Notkapsel. Sie waren in Sicherheit.

Allerdings *fühlte* er sich nicht sicher. Er packte Kirstys Arm.

»Warte mal«, sagte er erschrocken. »Ich glaube, irgendwas stimmt ni...«

Der Bildschirm leuchtete flackernd auf.

Ein ScreeWee-Gesicht erschien.

Es war der Artillerieoffizier.

»Lauf und versteckt euch, menschlicher Abschaum«, sagte er.

Sie konnten den Bildschirm hinter seinem Kopf sehen; er war auf der Brücke.

»Du? Wo ist der Captain?« fragte Johnny.

»Um die werde ich mich schon kümmern. Während ihr weglauft.«

»Nein!«

Kirsty stieß ihn in die Rippen.

»Hör zu, die ScreeWee sind in Sicherheit«, sagte sie. »Die Grenze ist nur noch ein paar Minuten entfernt. Wir haben alles getan, was in unserer Macht stand! Du kannst jetzt nicht mehr zu ihr laufen! Sie muß selbst damit fertigwerden! Dasselbe würde sie auch sagen, wenn du sie fragen könntest!«

»Ich kann sie aber nicht fragen, oder?« sagte Johnny.

Er streckte den Arm aus und drückte auf einen Knopf. Sie hörten wieder das Surren der Gangway.

»Ich muß wieder hoch zur Brücke«, sagte er.

»Er wartet doch nur auf dich!«

»Prima.« Er schnappte sich die außerirdische Waffe. »Welches Teil ist der Abzug?«

Sie rollte die Augen. »Das ist Wahnsinn!«

»Du hast wohl Angst«, sagte Johnny. Sein Gesicht war blaß.

»*Ich?*« Sie zuckte die Achseln und riß ihm die Waffe aus der Hand. »Die nehm ich«, sagte sie. »Ich kann wenigstens mit Waffen umgehen. Du würdest bloß alles vermasseln.«

Wie im richtigen Leben

Sie rannten die Gangway hinunter und zurück zum Korridor.

»Hast du eine Uhr an?« fragte Johnny.

»Ja. Wir haben etwas über sechs Minuten.«

»Ich hätte es *wissen* müssen!« sagte Johnny, während sie rannten. »*Niemand* hat so viel Zeit zur Flucht! James Bond hat auch keine Zeit, um Kaffee zu trinken und seine Schuhe zu putzen, bevor er die Zeitbombe entschärft! Wir sind wieder voll im Spiel!«

»Reg dich ab!«

»Wenn uns 'ne Katze über den Weg läuft, tret ich ihr in den Hintern!«

Die Korridore waren noch dunkler. Wasser tropfte von der Decke. Immer noch zischte Dampf aus undichten Rohren.

Sie kamen an eine Kreuzung.

»Welche Richtung?«

Kirsty zeigte auf einen Abzweig.

»Da lang.«

»Bist du sicher?«

»Natürlich.«

Sie verschwanden im Schatten.

Dreißig Sekunden später tauchten sie an derselben Stelle wieder auf.

»Oh, ja, *natürlich.*«

»Na ja, eigentlich sehen sie alle gleich aus. Dann muß es da lang sein!«

Diesmal führte der Gang wirklich zu dem breiten Korridor mit der Tür zur Brücke am anderen Ende.

Sie war offen. Sie konnten das blau-weiße Flackern des großen Bildschirms sehen.

Kirsty nam die Waffe fest in beide Hände.

»*O-kay*«, sagte sie. »Und diesmal wird nicht lange gefackelt, klar? Kein Geplänkel?«

»In Ordnung.«

»Dann los!«

»Wie?«

»Du gehst rein. Wenn er sich auf dich stürzt, knall ich ihn ab.«

»Oh? Ich bin der Köder, was?«

Kirsty warf einen Blick auf ihre Uhr.

»Du hast viereinhalb Minuten, um dir was Besseres einfallen zu lassen«, sagte sie. »Oh, entschuldige bitte. Vier Minuten und fünfundzwanzig Sekunden. Jetzt sind es nur noch zwanzig...«

»Ich hoffe nur, daß du triffst!«

Kirsty tätschelte die Waffe. »Regionalsieger, hast du das vergessen? Vertrau mir.«

Johnny ging auf die offene Tür zu. Er versuchte, seine

Augen gleichzeitig in beide Richtungen zu drehen, als er sie erreichte.

»Vier Minuten und fünfzehn Sekunden«, sagte sie weit, weit hinter ihm.

»Wie kommt's, daß du nicht Nationalsieger geworden bist?« fragte er.

»An dem Tag hatte ich *leider* eine Lebensmittelvergiftung.«

»Oh. Alles klar.«

Er trat durch die Tür.

Doch der vielzahnige Tod blieb aus. Er riskierte einen genaueren Blick zu beiden Seiten und dann, schluckend, einen nach oben.

»Hier ist nichts«, sagte er.

»Okay. Ich bin direkt hinter dir.«

Auf dem Bildschirm hatte die Grenze inzwischen noch größere Ausmaße erreicht. Wir fliegen sehr schnell, dachte er, und sie ist immer noch mehr als vier Minuten entfernt und füllt bereits den ganzen Himmel aus. *Riesig* war gar kein Ausdruck dafür.

»Ich kann den ganzen Raum sehen«, sagte er. »Hier ist niemand.«

»Da war doch ein Kontrollpult«, sagte Kirsty. »Warte ... ich steh jetzt in der Tür. Er muß hinter dem Kontrollpult sein. Geh weiter. Ich bin bereit.«

Ich nicht, dachte Johnny. Er schlich durch den Raum, bis er gerade mal hinter die Instrumententafel blicken konnte.

»Da ist ni ... warte mal.«

»Was denn?«

»Ich glaube, es ist der Captain.«

»Lebt er noch?«

»Sie. Es ist eine *Sie*. Du weißt, daß es eine Sie ist. Ich kann nicht sagen, ob sie noch lebt. Sie ... sie liegt einfach da. Ich seh mal nach.«

»Was bringt das noch?«

»Ich geh jetzt hin und seh nach, klar?«

»Dann sei vorsichtig. Bleib da, wo ich dich im Auge behalten kann.«

Er ging weiter, wobei er die Schatten rings um den riesigen Raum mit seinen Augen absuchte.

Es war tatsächlich der Captain, und sie lebte noch. Zumindest bewegten sich Teile von dem, was einmal ihre Brust gewesen sein mußte, auf und ab. Er kniete sich neben sie.

»Captain?« flüsterte er.

Sie öffnete ein Auge.

»Auserwählter?«

»Was ist passiert?«

»Er hat ... gewartet. Während ich ... mit euch sprach ... ist er hereingeschlichen ... hat mich getroffen ...«

»Wo ist er jetzt?«

»Du ... *mußt* ... gehen. Nicht mehr viel ... Zeit. Die Flotte ... ist ...«

»Du bist verletzt. Ich hol Ki ... Sigourney her ...«

Ihre Klaue griff nach seinem Arm.

»Hör zu! Er wird ... das Schiff ... in die Luft jagen! Der Treibstoff ... der Antriebsraum ... er ...«

Johnny stand auf.

»Ist sie okay?« rief Kirsty.

»Ich weiß nicht!«

Sie stand in der Tür; ihre Silhouette zeichnete sich vor dem Licht ab.

Hinter ihr tauchte ein Schatten auf. Während Johnny noch hinsah, breitete der Schatten die Arme aus.

Er war jetzt größer, als ein ScreeWee überhaupt sein durfte. Das, was Johnny sah, war alles andere als ein lustiges Krokodil – zwar hatte er noch Anzeichen eines Alligators, aber jetzt war da auch noch etwas von Insekten und anderen Wesen ... Wesen, die, außer in Träumen, nie existiert hatten ...

Johnny brüllte »Er ist hinter dir!« dann rannte er los.

Kirsty drehte sich um.

Man konnte Träumen nicht *trauen*. Wenn man in ihnen lebte, wandten sie sich gegen einen und rissen einen mit ...

Er sah, wie Kirsty sich umdrehte und zu dem Artillerieoffizier hoch und immer höher blickte.

Der ScreeWee öffnete seinen Mund. Er hatte jetzt noch mehr Zähne als zuvor, ganze Reihen mehr, und jeder einzelne funkelte spitz.

Ihr Traum, dachte Johnny. Kein Wunder, daß sie immer kämpft.

»Erschieß ihn! Erschieß ihn!«

Aber sie stand nur wie angewurzelt da. Sie schien sich nicht bewegen zu wollen.

»Du hast die Waffe!« schrie er.

Sie war wie versteinert.

»*Erschieß* ihn!«

»Oh . . .«

Kirsty schüttelte langsam den Kopf, dann, als hätte sie ein Hypnotiseur plötzlich wachgeschnipst, hob sie die Waffe.

»Okay«, sagte sie. »Jetzt . . .«

Der ScreeWee ignorierte sie. Er riß den Kopf hoch und fixierte Johnny. Er hatte jetzt kaum noch Augen. Er schien Johnny mit seinen Zähnen anzustarren.

»Ah. Der Auserwählte«, sagte er. Mit einer Bewegung seines Arms fegte er Kirsty kurzerhand aus dem Weg. Sie flog durch die Luft und landete ein paar Meter weiter in einem kleinen Häufchen am Boden.

Die Waffe schlug klirrend auf und schlitterte in Johnnys Richtung.

»Auserwählter!« fauchte der ScreeWee. »Wie lächerlich! Wir sind, was wir sind! Du bringst Schande über deine Rasse, genauso wie über meine! Für dich und für sie . . . für euch gibt es kein Zurück . . .«

Kirsty versuchte, wieder auf die Füße zu kommen. Ihr Gesicht war wutverzerrt.

Johnny bückte sich und hob die Waffe hoch.

Der ScreeWee warf in einer plötzlichen Bewegung beide Arme hoch. Johnny zuckte zusammen.

Aus weiter Entfernung hörte er Kirsty rufen: »Schnell! Wirf sie mir zu! Zu *mir!*«

Der Außerirdische grinste.

Johnny trat ein paar Schritte zurück. Der Außerirdische konzentrierte sich ganz auf ihn.

»Zu *mir,* du Idiot!« brüllte Kirsty.

»Du?« sagte der ScreeWee. »Du willst mich erschießen? Das kannst du doch gar nicht. Du bist viel zu schwach. Wie unser Captain. Eine Schande für alle ScreeWee. Du bist schwach. Und deswegen willst du auch Frieden. Die Starken wollen nie Frieden.«

Johnny hielt die Waffe ein bißchen höher.

Der Außerirdische kam langsam auf ihn zu. Seine Zähne schienen die ganze Welt auszufüllen. Seine Arme wurden immer länger, seine Zähne immer schärfer.

»Du kannst es nicht«, sagte er. »Ich habe dich beobachtet. Die anderen Menschen konnten wenigstens kämpfen! Und wir konnten einen ehrenhaften Tod sterben! Aber *du*... du *redest* und *redest*.. du würdest alles lieber tun als *kämpfen.* Dir wäre alles lieber, als der Wahrheit ins Gesicht zu sehen. *Du* willst die Menschheit retten? Daß ich nicht lache!«

Johnny trat wieder ein paar Schritte zurück und spürte die Kante des Kontrollpults in seinem Rücken. Jetzt gab es keinen Rückzug mehr.

»Ergibst du dich?«

»Niemals!«

Aus dem Augenwinkel nahm Johnny eine Bewegung

wahr. Kirsty war kurz davor, sich auf das Monster zu stürzen. Aber eines wußte er ganz genau – gegen diesen Außerirdischen hatte sie nicht die geringste . . .

Er drückte ab.

Es gab eine kurze, heftige Explosion.

Der ScreeWee starrte entsetzt nach unten auf den blauen Fleck, der sich plötzlich auf seinem Overall ausbreitete, dann blickte er voller Verwunderung zu Johnny.

»Du hast mich *erschossen. . . kaltblütig erschossen.*«

»Nein. Mein Blut ist niemals kalt.«

Der Außerirdische brach zusammen. Und jetzt war er wieder viel kleiner, eher wie ein ScreeWee.

»Ich mußte es tun«, sagte Johnny.

»Du hast ihn erschossen«, sagte eine Stimme hinter ihm. Er drehte sich um. Der Captain hatte sich auf die Beine hochgezogen.

»Ja.«

»Du hattest keine andere Wahl. Aber ich hätte nicht gedacht, daß du es kannst . . .«

Johnny blickte nach unten, auf die Waffe in seinen Händen. Seine Knöchel waren weiß. Nur mit Mühe konnte er seine Finger dazu bewegen, loszulassen.

»Ich hätte es auch nicht gedacht.«

Er ging zu Kirsty hinüber, die auf das Wesen am Boden starrte.

»Wow«, sagte sie, aber sehr leise.

»Ja«, sagte er.

»Du . . .«

»Ja. Ich habe ihn erschossen. Ich wünschte, es wäre nicht nötig gewesen, aber mir blieb nichts anderes übrig. Er war lebendig, und jetzt ist er's nicht mehr.« Noch mehr Alarmsysteme heulten los, und überall blinkten rote Lichter am Kontrollpult. Auf dem Bildschirm füllte die Grenze den ganzen Himmel aus. »Können wir jetzt gehen? Wieviel Zeit haben wir noch?«

Sie blickte benommen auf ihre Uhr.

»Anderthalb Minuten.«

Er war erstaunt. Er fühlte sich, als säße er in seinem eigenen Kopf und würde sich selbst beobachten. Er spürte keine Panik. Der Teil von ihm, der einfach zuschaute, wußte nicht, was er machen sollte, aber der andere Teil schien genau zu wissen, was zu tun war. Es war . . . wie im Traum.

»Kannst du rennen?« Sie nickte. »Wirklich *schnell?* Was frag ich eigentlich noch? Wahrscheinlich hast du Medaillen gewonnen. Dann komm.«

Er zog sie hinter sich her, durch die Tür der Brücke und die dunklen Korridore entlang. Kirsty konzentrierte sich kaum noch; die Wände glänzten nicht mehr so feucht. Sie hatten jetzt sogar wieder Schrauben und Nieten.

Sie erreichten die Notkapsel. Johnny rannte von einem Landebein zum nächsten, bis er den Schalter gefunden hatte, der die Gangway herunterließ. Es schien Ewigkeiten zu dauern, bis sie ganz ausgefahren war.

»Wie lange noch?«

»Fünfzig Sekunden . . .«

Die Gangway hoch und auf die Sitze.

Es gab nicht viele Schalter. Johnnys Augen wanderten über das Steuerpult.

»Was machst du?« fragte Kirsty.

»Dasselbe wie du vorhin. Ich suche den Knopf, der die Türen öffnet.«

Der Bildschirm leuchtete auf.

»Johnny? Die Türen werden von hier oben aus geöffnet«, sagte der Captain.

Johnny warf Kirsty einen Blick zu.

»Das wußten wir nicht«, sagte er.

»Ist die Gangway eingezogen?«

»Ja.«

»Die Türen werden geöffnet.«

Vor ihnen machte es *Klonk*, dann ertönte ein Zeichen, während die Luft aus der Halle durch den breiter werdenden Spalt entwich. Die glitzernden, unechten Sterne des Spiels blinkten ihnen entgegen.

Johnnys Hand schwebte über dem größten, roten Knopf des Steuerpults.

»Johnny?«

»Ja, Captain.«

»Ich danke dir. Du hättest uns nicht helfen *müssen.*«

»Wenn nicht ich, wer dann?«

»Ah. Richtig. Und jetzt ... lebt wohl. Wir werden uns nicht mehr ... wiedersehen.«

»Leb wohl.«

Johnny sah zu Kirsty.

»Wie lange noch?«

»Zehn Sekunden.«

»Dann los.«

Er drückte auf den Knopf.

Hinter ihnen machte es *wumm.* Rechts und links rauschten die Wände vorbei, und plötzlich waren sie nur noch von Himmel umgeben.

Johnny lehnte sich in seinem Sitz zurück. Sein Kopf war leer, bis auf ein Bild, das wie eine Filmszene ständig von neuem abgespult wurde.

Immer und immer wieder sah er sich in Gedanken die Waffe abfeuern. Immer und immer wieder sah er den Außerirdischen zusammenbrechen. Klappe... und Action! Mit absoluter Präzision. Wie im richtigen Leben.

Kirsty stupste ihn an.

»Können wir das Ding steuern?«

»Hmm. Was?« Er blickte benommen auf die Instrumente. »Also, hier ist ein Joystick...«

»Dann wende. Ich will sehen, wie sie durchfliegen.«

»Ja. Ich auch.«

Die Kapsel drehte sich sanft in der unendlichen Leere des Spielkosmos, bis sie die Grenze direkt vor sich sahen.

Die ScreeWee-Flotte rauschte vorbei. Jedes Schiff, das die Grenze erreichte, flackerte kurz auf und verblaßte dann.

»Glaubst du wirklich, daß sie einen Planeten haben, zu dem sie fliegen können?«

»Ich glaube, daß sie es glauben.«

»Glaubst du, daß sie jemals zurückkehren werden?«

»Jetzt nicht mehr.«

»Äh . . . hör mal . . . als ich vorhin nach oben guckte und dieses . . . dieses *Ding* gesehen habe . . . Ich meine, es sah so *echt* aus. Und ich dachte, mein Gott, es lebt, es ist *wirklich* lebendig, und ich kann es doch nicht einfach . . .«

»Ich weiß«, sagte Johnny.

»Und dann war es tot . . . und mir war überhaupt nicht nach Jubeln zumute . . .«

»Ja.«

»Wenn es echt ist, ist es nicht leicht. Weil die Leute sterben und dann wirklich alles vorbei ist.«

»Ja. Ich weiß. Aus und vorbei. Weißt du was?«

»Was?«

»Mein Freund Yo-less meint, solche Träume wären eine Möglichkeit, mit dem wirklichen Leben fertigzuwerden.«

»Ja?«

»Ich glaube, es ist genau umgekehrt.«

»Ist Yo-less der Schwarze?«

»Ja. Wir nennen ihn Yo-less, weil er nicht cool ist.«

»Anti-cool ist auch ziemlich cool.«

»So? Das wußte ich nicht. Ist es denn noch cool, ›affengeil‹ zu sagen?«

»*Johnny!* Es war noch nie cool, ›affengeil‹ zu sagen.«

»Was ist mit ›asteroidial‹?«

»Asteroidial ist cool.«

»Hab ich mir grade ausgedacht.«

Die Kapsel trieb dahin.

»Kein Grund, warum es nicht trotzdem cool sein sollte.«

»Stimmt.«

Die Spielsterne glitzerten.

»Johnny?«

»Ja?«

»Warum kommst du so gut mit Leuten zurecht? Wie kommt's, daß immer alle mit dir reden?«

»Weiß nicht. Ich denke, weil ich zuhöre. Und es hilft auch, dumm zu sein.«

»Johnny?«

»Hier.«

»Was hast du gemeint . . . du weißt schon, vorhin, als du gesagt hast, ich würde überall nur Außerirdische sehen?«

»Äh. Weiß ich nicht mehr.«

»*Irgendwas* mußt du doch damit gemeint haben.«

»Ich bin mir nicht mal sicher, ob es *überhaupt* Außerirdische gibt. Oder nur unterschiedliche Arten von uns. Aber ich weiß, was wichtig ist. Es ist wichtig, genau zu wissen, was man tut. Es ist wichtig, immer dran zu denken, daß es kein Spiel ist. Nichts davon. Nicht mal die Spiele.«

Die Kapsel war jetzt ein kleiner Punkt in der Nacht.

»Wie kommen wir jetzt nach Hause? Ich mußte bisher immer sterben, um rauszukommen.«

»Man kommt auch raus, indem man gewinnt.«

»Da ist ein grüner Knopf.«

»Probieren wir's?«

»Klar.«

Licht strömte ins Zimmer, als Johnny aufwachte. Er lag in einem fremden Bett und schaute sich durch halbgeöffnete Augen um.

Es war ein typisches Gästezimmer. Da stand die Lampe, die ein bißchen altmodisch war und nirgendwoanders hingepaßt hatte. Und das Bücherregal mit den Büchern, die niemand las. Abgesehen von einem Aschenbecher auf dem Nachttisch fehlten einfach die *kleinen* Dinge.

Da stand auch ein elektrischer Wecker, aber irgendwann mußte es einen Stromausfall gegeben haben, und obwohl die Leute alle anderen Uhren im Haus mit Sicherheit nachgestellt hatten, so hatten sie diese hier doch übersehen. Wie auch immer, jedenfalls blinkte sie Tag und Nacht 7:41. Da von unten keine Geräusche nach oben drangen, vermutete er, daß es tatsächlich noch sehr früh war.

Er kuschelte sich wieder unter die Decke und genoß die Zeit, die er zwischen Träumen und Wachen für sich herausgeschlagen hatte.

So . . . was nun? Er würde mit Kirsty reden müssen, die davon träumte, Sigourney zu sein, und dabei vergaß, daß es nur eine *Rolle* war, die sie spielte. Und er hatte den Verdacht, daß er seine Eltern nur zu bald sehen würde. Er würde eine Menge Gespräche über sich ergehen lassen müssen, aber dadurch bestand auch die Möglichkeit, daß sich tatsächlich was änderte.

Es herrschten immer noch Schwere Zeiten. Und die Schule war auch noch da. Wahrscheinlich hatte sich nichts gebessert. Niemand lief mit einem Zauberstab herum.

Immerhin, die Flotte hatte es geschafft. Und im Vergleich dazu war alles andere . . . na ja, nicht direkt leicht, aber weniger wie eine Wand, sondern eher wie eine Treppe.

Mag sein, daß du nie gewinnst, aber du kannst es wenigstens versuchen. Wenn nicht du, wer dann?

Er drehte sich um und schlief wieder ein.

Die Grenze schwebte im All.

Riesige, weiße Buchstaben, Tausende von Meilen hoch.

Da stand:

GAME OVER

Und die Flotte rauschte vorbei. Tanker, Kampfschiffe, Jäger . . . und ihre Schatten huschten über die Buchstaben, während ein Schiff nach dem anderen für immer verschwand.

NEW GAME (Y/N)